MARIO VARGAS LLOSA

LA SEÑORITA
DE TACNA

PIEZA EN DOS ACTOS

Seix Barral 🪶 **Biblioteca Breve**

Los derechos de representación de esta obra deben ser solicitados a
la «Agencia Literaria Carmen Balcells», Diagonal, 580,
08021 Barcelona, España (teléfonos: 200 89 33 / 200 85 65)

Cubierta: Joan Batallé y Jaume Bordas
(Original de Paul Klee:
«La cantante L. en el papel de Fiordiligi»)

Primera edición: abril de 1981
Segunda edición: mayo de 1981
Tercera edición: agosto de 1981
Cuarta edición: noviembre de 1981
Quinta edición: mayo de 1982
Sexta edición: octubre de 1986

ISBN: 84-322-0432-3

Depósito legal: B. 31.962 - 1986

Impreso en España

a Blanca Varela

LAS MENTIRAS VERDADERAS

Aunque, en un sentido, se puede decir que La señorita de Tacna se ocupa de temas como la vejez, la familia, el orgullo, el destino individual, hay un asunto an-
terior y constante que envuelve a todos los demás y que ha
resultado, creo, la columna vertebral de esta obra: cómo
y por qué nacen las historias. No digo cómo y por qué
se escriben —aunque Belisario sea un escritor—, pues la
literatura sólo es una provincia de ese vasto quehacer
—inventar historias— presente en todas las culturas,
incluidas aquellas que desconocen la escritura.

Como para las sociedades, para el individuo es también una actividad primordial, una necesidad de la
existencia, una manera de sobrellevar la vida. ¿Por qué
necesita el hombre contar y contarse historias? Quizá
porque, como la Mamaé, así lucha contra la muerte y los
fracasos, adquiere cierta ilusión de permanencia y de de-
sagravio. Es una manera de recuperar, dentro de un sis-
tema que la memoria estructura con ayuda de la fanta-
sía, ese pasado que cuando era experiencia vivida tenía el

9

semblante del caos. El cuento, la ficción, gozan de aquello que la vida vivida —en su vertiginosa complejidad e imprevisibilidad— siempre carece: un orden, una coherencia, una perspectiva, un tiempo cerrado que permite determinar la jerarquía de las cosas y de los hechos, el valor de las personas, los efectos y las causas, los vínculos entre las acciones. Para conocer lo que somos, como individuos y como pueblos, no tenemos otro recurso que salir de nosotros mismos y, ayudados por la memoria y la imaginación, proyectarnos en esas "ficciones" que hacen de lo que somos algo paradójicamente semejante y distinto de nosotros. *La ficción es el hombre "completo", en su verdad y en su mentira confundidas.*

Las historias son rara vez fieles a aquello que aparentan historiar, por lo menos en un sentido cuantitativo: la palabra, dicha o escrita, es una realidad en sí misma que trastoca aquello que supuestamente transmite, y la memoria es tramposa, selectiva, parcial. Sus vacíos, por lo general deliberados, los rellena la imaginación: no hay historias sin elementos añadidos. Éstos no son jamás gratuitos, casuales; se hallan gobernados por esa extraña fuerza que no es la lógica de la razón sino la de la oscura sinrazón. Inventar no es, a menudo, otra cosa que tomarse ciertos desquites contra la vida que nos cuesta vivir, perfeccionándola o envileciéndola de acuerdo a nuestros apetitos o a nuestro rencor; es rehacer la experiencia, rectificar la historia real en la dirección que nuestros deseos frustrados, nuestros sueños rotos,

10

nuestra alegría o nuestra cólera reclaman. En este sentido, ese arte de mentir que es el del cuento es, también, asombrosamente, el de comunicar una recóndita verdad humana. En su indiscernible mezcla de cosas ciertas y fraguadas, de experiencias vividas e imaginarias, el cuento es una de las escasas formas —quizá la única— capaz de expresar esa unidad que es el hombre que vive y el que sueña, el de la realidad y el de los deseos.

"El criterio de la verdad es haberla fabricado", escribió Giambattista Vico, quien sostuvo, en una época de gran beatería científica, que el hombre sólo era capaz de conocer realmente aquello que él mismo producía. Es decir, no la Naturaleza sino la Historia (la otra, aquella con mayúscula). ¿Es cierto eso? No lo sé, pero su definición describe maravillosamente la verdad de las historias con minúscula, la verdad de la literatura. Esta verdad no reside en la semejanza o esclavitud de lo escrito o dicho —de lo inventado— a una realidad distinta, "objetiva", superior, sino en sí misma, en su condición de cosa creada a partir de las verdades y mentiras que constituyen la ambigua totalidad humana.

Siempre me ha fascinado ese curioso proceso que es el nacimiento de una ficción. Llevo ya bastantes años escribiéndolas y nunca ha dejado de intrigarme y sorprenderme el imprevisible, escurridizo camino que sigue la mente para, escarbando en los recuerdos, apelando a los más secretos deseos, impulsos, pálpitos, "inventar" una historia. Cuando escribía esta pieza de teatro en la que estaba seguro de recrear (con abundantes traiciones) la aventura de un personaje familiar al que estuvo atada mi infancia, no sospechaba que, con ese pretexto, estaba, más bien, tratando de atrapar en una historia aquella —inasible, cambiante, pasajera, eterna— manera de que están hechas las historias.

Washington, marzo de 1980.

PERSONAJES

MAMAÉ	Anciana centenaria
ABUELA CARMEN	Su prima. Algo más joven y mejor conservada
ABUELO PEDRO	Su esposo
AGUSTÍN	Hijo mayor, en la cincuentena
CÉSAR	Hijo segundo, algo más joven que su hermano
AMELIA	La hija menor, en sus cuarenta
BELISARIO	Hijo de Amelia
JOAQUÍN	Oficial chileno, joven y apuesto
SEÑORA CARLOTA	Bella y elegante, en sus treinta

DECORADO Y VESTUARIO

Dos decorados comparten el escenario: *la casa de los Abuelos*, en la Lima de los años cincuenta, y *el cuarto de trabajo de Belisario*, situado en cualquier parte del mundo, en el año 1980.

La mayor parte de la acción transcurre en la casa de los Abuelos. Salita-comedor de un modesto departamento de clase media. Dos puertas, una a la calle y otra al interior de la casa. El mobiliario muestra la estrechez económica, lindante con la miseria, de la familia. Los muebles imprescindibles son el viejo sillón donde la Mamaé ha pasado buena parte de sus últimos años, la sillita de madera que le sirve de bastón, un viejo aparato de radio, la mesa donde tiene lugar la cena familiar del segundo acto. Hay una ventana a la calle, por la que se oye pasar el tranvía.

Este escenario no debería ser realista. Es un decorado recordado por Belisario, un producto de la memoria, donde las cosas y las personas se afantasman, es decir independizan de sus modelos objetivos. De otro lado, en el transcurso de la acción, este decorado se convierte en otros: una sala en la casa de Tacna donde vivían la Abuela y la Mamaé de jóvenes; el comedor de la casa de Arequipa cuando el Abuelo era agricultor en Camaná, en la década de los veinte; la casa de Bolivia donde la Mamaé le contaba cuentos a Belisario en los años cuarenta y el albergue de Camaná donde el abuelo escribe a su mujer la carta que la Mamaé lee a escondidas. El mismo escenario se convierte también en lugares puramente mentales, como es el confesionario del Padre Venancio. Conviene, pues, que este decorado tenga una cierta indeterminación que facilite (o al menos, que no estorbe) esas mudanzas.

El cuarto de trabajo de Belisario es una mesa rústica, llena de papeles, libretas y lápices, y, tal vez, una maquinilla de escribir portátil. Es importante que, por simple que sea, este decorado delate a un hombre cuya vida es escribir, alguien que pasa allí buena parte de su tiempo y donde, además de escribir, dormir, comer, escarba sus recuerdos, se confiesa a sí mismo y dialoga con sus fantasmas. Belisario puede andar entre los cuarenta o cincuenta años, o ser incluso mayor. Tiene, en todo caso, larga experiencia en el oficio de escribir y lo que ocurre, en el curso de esta historia, debe haberle ocurrido seguramente cuando escribía las anteriores. A juzgar por sus ropas y aspecto, es un hombre sin recursos, descuidado, de vida desordenada.

Las fronteras entre ambos decorados surgen o desaparecen a voluntad, según las necesidades de la representación.

El vestuario, tal vez, debería ser realista, porque el atuendo de los personajes puede graficar las diferencias temporales entre las escenas. El oficial chileno debe llevar un uniforme de principios de siglo, con botones dorados, correaje y espadín, y la Señora Carlota un vestido de época. Los Abuelos y la Mamaé deben vestir no sólo con modestia sino ropas que los sitúen en los años cincuenta. En tanto que Belisario, en su traje, peinado, etc., debería lucir como una persona de nuestros días.

Esta obra se estrenó en Buenos Aires el 26 de mayo de 1981 en el Teatro Blanca Podestá, con el siguiente reparto:

Mamaé	Norma Aleandro
Belisario	Franklin Caicedo
Abuelo Pedro	Leal Rey
Abuela Carmen	Adriana Aizenberg
Sra. Carlota	Camila Perissé
Joaquín	Patricio Contreras
Amelia	Tina Serrano
César	Jesús Berenguer
Agustín	Rubén Stella

Escenografía: Jorge Sarudiansky

Vestuario: María Julia Bertotto

Dirección General: Emilio Alfaro

PRIMER ACTO

*El escenario está a oscuras. Se
oye —desasosegada, angustiada, tu-
multuosa— la voz de la Mamaé.
Se ilumina su cara inmemorial: un
haz de arrugas.*

MAMAÉ

Los ríos, se salen los ríos... El agua, la espuma,
los globitos, la lluvia lo está empapando todo, se vienen las olas, se está chorreando el mundo, la inunda-
ción, se pasa el agua, se sale, se escapa. Las catara-
tas, las burbujas, el diluvio, los globitos, el río...
¡Ayyy!

*El escenario se ilumina del todo.
La Mamaé está acurrucada en su
viejo sillón y hay un pequeño charco
a sus pies. Belisario se halla sentado en su mesa de trabajo, escribiendo con furia. Tiene los ojos en-
candilados y, mientras el lápiz corre por el papel, mueve los labios*

como si se dictara a sí mismo lo que escribe.

AMELIA (*Entrando*)

¡Caramba, Mamaé, ya te hiciste pipí otra vez en la sala! ¿Por qué no pides, para llevarte al baño? Cuántas veces se te ha dicho. ¿Crees que no me da asco? ¡Ya me tienes harta con esas porquerías! (*Huele.*) Espero que no te hayas hecho también otra cosa.

Hace un gesto de fastidio y la Mamaé le responde con una venia sonriente. Casi en el acto, cae adormecida. Amelia comienza a secar los orines con un trapo. A medida que Amelia hablaba, Belisario se ha ido distrayendo, como si una idea súbita, intrusa, hubiera venido a interferir con lo que estaba escribiendo. Levanta el lápiz del papel, su expresión parece de pronto desalentada. Habla para sí, al principio entre dientes.

BELISARIO

¿Qué vienes a hacer tú en una historia de amor, Mamaé? ¿Qué puede hacer una viejecita que se orinaba y se hacía la caca en los calzones, y a la que había que acostar, vestir, desvestir, limpiar, porque las manos y los pies ya no le obedecían, en una historia de amor, Belisario? (*Bruscamente encolerizado, arroja el lápiz al suelo.*) ¿Vas a escribir una historia de amor, o qué? Voy a escribir o qué. (*Se ríe de sí mismo, se deprime.*) El comienzo es siempre lo peor, lo más difícil, cuando las dudas y la sensación de impotencia son más paralizantes. (*Mira a la Mamaé.*) Cada vez que comienzo, me siento como tú, Mamaé: un viejo de ochenta, de cien años, y mi cabeza es una olla de grillos, como la tuya, cuando eras esa cosa pequeñita, complicada e inútil que daba risa, compasión y algo de susto. (*Se levanta, se acerca a la Mamaé, da vueltas en torno a ella, con el lápiz que ha recogido del suelo entre los labios.*) Pero tu memoria aún hervía de vida ¿no? ¿Ya habías perdido los dientes? Claro. Y tampoco podías usar la dentadura postiza que te regalaron el tío Agustín y el tío César, porque te raspaba las encías. ¿Qué vienes a hacer aquí? ¿Quién te invitó? ¿No te das cuenta que me estorbas? (*Se sonríe y vuelve a su mesa de trabajo, acicateado por una nueva idea.*) Mamaé... Mamaé... ¿Alguna vez alguien le dijo Elvira? No, ni la abuela, ni el abuelo, ni mi mamá, ni mis tíos. (*Se sienta en su mesa de trabajo y comienza a hacer correr el lápiz sobre los papeles, al principio despacio, luego de manera más fluida.*) La palabra sonaba tan rara a la gente que no era de la familia. ¿Por qué le dicen así? ¿Qué significa, de dónde viene? Pero ellos también terminaban diciéndole Mamaé.

Amelia, que ha terminado de limpiar el suelo, sale. Con las últimas palabras de Belisario entra Joaquín, el oficial chileno. Viste un uniforme de principios de siglo, de colores vivos, con entorchados. Belisario seguirá escribiendo, a lo largo de toda la próxima escena; la mayor parte del tiempo está concentrado en sus papeles, pero, a veces, levanta el lápiz y se lo lleva a la boca y lo mordisquea, mientras inventa o recuerda. A ratos, como distrayéndose, se vuelve a mirar a la Mamaé y a Joaquín y se interesa un momento en lo que dicen. Luego, vuelve a sus papeles y escribe o relee con expresiones cambiantes.

JOAQUÍN (*Susurra, como inclinado ante una reja o balcón*)

Elvira. Elvira. Elvira...

La Mamaé abre los ojos. Escucha; sonríe con malicia, mira a todos lados azorada. Sus movimientos y su voz son ahora los de una joven.

MAMAÉ

¡Joaquín! Pero, se ha vuelto loco. ¡A estas horas! Lo van a oír mis tíos.

JOAQUÍN

Sé que estás ahí, que me estás oyendo. Asómate un segundo, Elvira. Tengo que decirte algo importante. ¿Sabes qué, no es cierto? Que eres linda, que te quiero, que te deseo. Que cuento las horas que faltan para el domingo.

La Mamaé se incorpora y —alborozada, modosa, reticente— se acerca a la reja o balcón.

MAMAÉ

¡Cómo se te ocurre venir a estas horas, Joaquín! ¿No te ha visto nadie? Vas a arruinar mi reputación. Las paredes de Tacna tienen oídos.

JOAQUÍN (*Devora a besos las*
manos de la Mamaé)

Ya estaba acostado, amor mío. Pero de pronto
sentí como la orden de un general, aquí en el pecho:
si te apuras la encontrarás despierta, vuela a su casa.
Es cierto, Elvira. Necesitaba verte. Tocarte. (*La
Mamaé esquiva las manos ávidas de Joaquín que tratan
de cogerle la cintura*.) Si no te veía, esta noche no hubiera pegado los ojos.

MAMAÉ

¿Acaso no hemos estado juntos toda la tarde?
Qué lindo paseo dimos por las huertas con mi prima,
¿no? Cuando te oí, justamente estaba acordándome
de los granados, de los peros, de los membrillos, de
los duraznos. ¿Y el río no estaba lindo, también?
Me gustaría volver a zambullirme en el Caplina, alguna vez, como lo hacía de chiquita.

JOAQUÍN

En el verano, si estamos todavía en Tacna, te
llevaré al Caplina sin que nadie nos vea. De noche.
Al remanso donde merendamos esta tarde. Nos qui-
taremos la ropa...

MAMAÉ

¡Cállate, Joaquín, no empieces!

Joaquín

...y nos bañaremos desnudos. Jugaremos en el agua. Te perseguiré y cuando te atrape...

Mamaé

¡Por favor, Joaquín! No seas vulgar.

Joaquín

Pero si vamos a casarnos el domingo.

Mamaé

Tampoco dejaré que me faltes cuando sea tu mujer.

Joaquín

Eres lo que más respeto en el mundo, Elvira. Mira, te respeto más que a mi uniforme. ¿Sabes lo que significa el uniforme para un militar, no? Aunque quisiera, no podría faltarte. Te hago enojar a propósito. Porque me gusta que seas así.

Mamaé

¿Cómo soy?

Joaquín

Una niñita de mírame y no me toques. Todo te parece malo, todo te da miedo, todo te hace ruborizar.

Mamaé
¿No debe ser así una señorita decente?

Joaquín
Claro que sí. No puedes imaginar con qué ansia espero el domingo, Elvira. Tenerte para mí solo, sin chaperonas, saber que dependes de mí para la más pequeña cosa. Cómo voy a divertirme contigo, cuando estemos solos: te sentaré en mis rodillas, haré que me rasguñes en la oscuridad como una gatita. Ah y esa apuesta te la voy a ganar. Contaré tus cabellos y verás que tienes más de cinco mil.

Mamaé
¿Los contarás la noche de bodas?

Joaquín
No, la noche de bodas no. ¿Quieres saber qué haré contigo la noche de bodas?

Mamaé (*Tapándose los oídos*)
¡No! ¡No quiero! (*Ríen. La Mamaé está enternecida.*) ¿Serás así de cariñoso, después de casarnos? Fíjate lo que me dijo Carmencita, al volver del paseo: "Te has sacado la lotería con Joaquín. Es guapo, de buenos modales, todo un caballerito".

Joaquín

¿Tú también lo piensas? ¿Ya no te importa que sea chileno? ¿Ya te hiciste a la idea de ser una chilena?

Mamaé

Eso sí que no. Seguiré peruana hasta que me muera. Y odiando a los abusivos que nos ganaron la guerra.

Joaquín

Va a ser muy gracioso. Quiero decir, cuando seas mi mujer, y estemos en Santiago, en Antofagasta, en la guarnición a la que me destinen. ¿Te vas a pelear todo el día con mis compañeros por la guerra del Pacífico? Si dices esas cosas contra los chilenos, me harás procesar por alta traición.

Mamaé

No perjudicaré nunca tu carrera, Joaquín. Lo que pienso de los chilenos me lo guardaré para mí. Y les sonreiré y les haré ojitos a tus compañeros de armas.

Joaquín

Alto ahí, nada de sonrisas ni de ojitos. ¿No sabes que soy celoso como un turco? Y contigo voy a serlo todavía más.

Mamaé

Tienes que irte ahora. Si mis tíos te descubren, se enojarían.

Joaquín

Tus tíos, tus tíos. Han sido la pesadilla de nuestro noviazgo.

Mamaé

No digas eso, ni en broma. ¡Qué habría sido de mí sin el tío Menelao y la tía Amelia! Me hubieran metido a la casa de los murciélagos de la calle Tarapacá. Al Hospicio, sí.

Joaquín

Sé lo buenos que han sido contigo. Además, me alegro que te hayan criado en una jaula de oro. ¡Pero en todo un año de noviazgo casi no te he visto a solas! Sí, ya sé, estás inquieta. Ya me voy.

Mamaé

Hasta mañana, Joaquín. ¿En la Misa de la Catedral, a las ocho, como todos los días?

Joaquín

Sí, como todos los días. Ah, me olvidaba. Aquí tienes el libro que me prestaste. Traté de leer los versos de Federico Barreto, pero me quedé dormido. Léelos tú por mí, acurrucada en tu camita.

MAMAÉ (*Arrancándose un cabello y ofreciéndoselo*)

Un día te los recitaré al oído y te gustarán. Estoy feliz de casarme contigo, Joaquín.

Joaquín, antes de partir, trata de besarla en la boca pero ella aparta el rostro y le ofrece la mejilla. La Mamaé regresa hacia su sillón y en el trayecto va recuperando su ancianidad.

MAMAÉ (*Mirando el libro de versos*)

¿Qué haría Joaquín si supiera lo del abanico? Lo retaría a duelo, lo mataría. Tienes que romper ese abanico, Elvira, no está bien que lo guardes.

Se acurruca en su sillón y se duerme al instante. Belisario, que ha levantado la vista de sus papeles, parece ahora muy alentado.

BELISARIO

Ésa también es una historia de amor. Sí, Belisario, sí. ¿Cómo fuiste tan tonto, tan ingenuo? ¿Acaso se puede situar una historia de amor en una época en que las niñas hacen el amor antes que la primera comunión y los muchachos prefieren la marihuana a las muchachas? En cambio, esa época y ese lugar son ideales para una historia romántica: Tacna, después de la guerra del Pacífico, con la ciudad todavía ocupada por el Ejército chileno (*Mira a la Mamaé*.) Eras una patriota convicta y confesa, ¿no? ¿Cuál fue el día más feliz de la vida de la señorita de Tacna, Mamaé?

MAMAÉ (*Abriendo los ojos*)

¡El día que Tacna se reincorporó al Perú, chiquitín!

Se persigna agradeciendo a Dios tamaña bienaventuranza, y vuelve a adormecerse.

BELISARIO (*Melancólico*)

Una historia romántica, de ésas que ya no suceden, de ésas en las que ya no cree nadie, de ésas que tanto te gustaban, compañero. ¿Para qué quieres escribir una historia de amor? ¿Para tener esa miserable compensación, que no compensa nada? ¿Para eso, pasar una vez más por las horcas caudinas, Belisario? ¡Sí, por eso! ¡Maldita aguafiestas, largo de aquí! ¡Abajo la conciencia crítica! ¡Me cago en tu conciencia crítica, Belisario! Sólo sirve para estreñirte, castrarte, frustrarte. ¡Fuera de aquí, conciencia crítica! ¡Fuera, hija de puta, reina de los escritores estreñidos! (*Se levanta, va corriendo donde la Mamaé, le da un beso en la frente, sin despertarla*.) Bienvenida tú, Mamaé. Olvida lo que te dije, perdóname. Sí me sirves, una mujer como tú es justamente lo que necesito. Tú sí eras capaz de vivir una hermosa, conmovedora historia de amor. Tu vida tiene todos los ingredientes, por lo menos para comenzar. (*Va regresando a su mesa de trabajo*.) Muere la madre al nacer ella y el padre poco después, cuando tenía... (*Mira a la Mamaé*.) ...¿Cuántos años tenías cuando te recogieron mis bisabuelos, Mamaé? ¿Cinco, seis? ¿Ya había nacido la abuelita Carmen? (*Se ha sentado en su mesa de trabajo, tiene el lápiz entre las manos; habla despacio, tratando de encontrar ciertas palabras para ponerse a escribir*.) La familia era entonces muy próspera, podía recoger niñas desamparadas. Hacendados, por supuesto.

> MAMAÉ (*Abre los ojos y se dirige a un invisible niño, que estaría sentado a sus pies*)

Tu bisabuelo Menelao era un caballero de bastón con puño de plata y reloj con leontina. No soportaba la suciedad. Lo primero que hacía al entrar

33

de visita a una casa era pasar el dedo por los muebles, para descubrir el polvo. Sólo tomaba el agua y el vino en copas de cristal de roca. "La copa da la mitad del gusto a la bebida", le oíamos decir. Una noche, salía a un baile con la tía Amelia, vestido de etiqueta, y nos vio a tu abuelita Carmen y a mí, comiendo una mermelada de membrillo. "Convídenme un bocadito, muchachas." Al probarla, le cayó una gota en el frac. Se quedó mirando la mancha. Luego, sin dar un grito, sin decir una palabra, se volcó encima la fuente de mermelada y se embadurnó la pechera, la levita, el pantalón. Tu bisabuela decía: "Para Menelao la limpieza es una enfermedad".

Sonríe, se adormece de nuevo. Durante el monólogo de la Mamaé, Belisario ha garabateado a veces, a ratos reflexionado y, a ratos, escuchado a la Mamaé.

BELISARIO (*Escribiendo*)
Tu bisabuelo Menelao debió ser encantador, Belisario. Sí, un hijo de puta encantador. Te sirve, te sirve. (*Mira al cielo.*) Me sirves, me sirves. Tú y la bisabuela Amelia adoraban a la Mamaé y la criaron como a una hija, sin hacer diferencias con la abuelita Carmen, y cuando se iba a casar con ese oficial chileno le encargaron el vestido de novia y el ajuar a

Europa. ¿A París? ¿A Madrid? ¿A Londres? ¿Adónde te encargaron el vestido de novia, Mamaé? ¿Adónde era la moda encargarlo? (*Escribe, frenético.*) Me gusta, Belisario, te quiero, Belisario, te doy un beso en la frente, Belisario. (*Se distrae.*) ¡Qué rica era la familia entonces! ¡Cómo fue decayendo y mediocrizándose hasta llegar a ti! Qué recatafila de desgracias. (*Mira al cielo.*) ¿Quién te mandó casarte con un capitán de infantería, mamá? Pero tu mala suerte no me apena nada, papá. Hay que ser muy tonto para jugar a la ruleta rusa estando recién casado, papá. ¡Hay que ser muy bruto para matarse jugando a la ruleta rusa, papá! ¡Hay que ser muy idiota para no volverse a casar cuando una se queda viuda tan joven, mamá! ¿Por qué te hiciste tantas ilusiones conmigo? ¿Por qué se les metió en la cabeza a ti, a mis abuelos, a mis tíos, que ganando pleitos en los tribunales Belisario devolvería a la familia la fortuna y el lustre?

> *Su voz queda apagada por el radioteatro que está tratando de escuchar la Abuela, sentada en la salita, con la cabeza pegada al aparato de radio en el que un locutor anuncia el final del episodio del día, de una radionovela de Pedro Camacho. Se escucha el ruido del*

tranvía. La Mamaé abre los ojos,
excitada. Belisario las observa,
desde su mesa de trabajo.

MAMAÉ

¡Carmen! ¡Carmen! ¡Ahí llega! ¡Ven, acércate
a la ventana! ¡El ferrocarril de Arica!

ABUELA (*Deja de oír la radio y*
mira a la Mamaé entre
apenada y divertida)

La verdad es que te envidio, Mamaé. Has en-
contrado el remedio perfecto para no ver la ruina
que nos rodea. A mí también me gustaría volver a mi
juventud, aunque fuera en sueños.

MAMAÉ

¡Ayyy! Me arrancaría los ojos. Ya no sirven ni
para adivinar las cosas. ¿Lo ves? ¿Es el ferrocarril
de Arica? ¿O el autocarril de Locumba?

ABUELA

Ninguno de los dos. Es el tranvía a Chorrillos.
Y no estamos en Tacna sino en Lima. Y ya no tienes
quince años sino noventa, o por ahí. Te has vuelto
una viejecita chocha, Elvira.

Mamaé

¿Te acuerdas del baile de disfraces?

Abuela

¿Cuál de ellos? Fui a muchos bailes de disfraces de joven.

Mamaé

En el Orfeón. Ese al que se metió el mandingo.

Comienza a oírse el ruido alegre de una fiesta, compases de baile. Poco a poco se hace presente la música de un vals antiguo.

Abuela

Ah, ése. Claro que me acuerdo. En ese baile conocí a Pedro; había ido de Arequipa a pasar los Carnavales a Tacna, con unos amigos. Quién me iba a decir que me casaría con él. Sí, claro. ¿Fue ése el baile en el que Federico Barreto te escribió un verso en el abanico? No, ése fue otro, un 28 de julio, en la Sociedad de Damas Patriotas. El negro, de veras... ¿Estaba bailando contigo cuando lo descubrieron, no es verdad?

Belisario se pone de pie. Va hasta donde la Mamaé y haciendo una reverencia finisecular, la saca a

bailar. Ella acepta, joven, graciosa,
coqueta. Bailan.

MAMAÉ

¿Es usted chileno, mascarita? ¿Peruano? ¿De Tacna, mascarita? ¿Militar, tal vez? ¡Ya sé, adiviné! ¡Es usted médico! ¿Abogado, a lo mejor? Dígame cualquier cosa, hágame una adivinanza y verá que lo identifico, mascarita.

> *Belisario no dice nada. Se li-*
> *mita a negar con la cabeza y a reír*
> *de rato en rato, con una risita ner-*
> *viosa.*

ABUELA (*A la Mamaé, como si*
ésta siguiera en el sillón)
¿Y por el olor no te diste cuenta? Pero el bandido se habría echado perfume, claro.

> *La pareja baila con destreza y*
> *felicidad. Pero en una de las vuel-*
> *tas el invisible dominó que lleva*
> *Belisario se engancha en algún ob-*
> *jeto y su brazo queda desnudo. La*
> *Mamaé se zafa de sus brazos, es-*
> *pantada. Belisario, con una expre-*
> *sión de contento, corre a su mesa y*
> *se pone a escribir.*

38

MAMAÉ (*Petrificada de espanto*)

¡Un negro! ¡Un negro! ¡La mascarita era un negro! ¡Ayyy! ¡Ayyy! ¡Ayyy!

ABUELA

No des esos gritos, Elvira. Me parece estar oyendo tu alarido, esa noche. La orquesta dejó de tocar, la gente de bailar, los que estaban en los palcos se levantaron. ¡Qué laberinto se armó en el Orfeón! Tuvieron que llevarte a la casa, con ataque de nervios. Por el bendito negro se nos acabó la fiesta.

MAMAÉ (*Espantada*)

¡Carmen! ¡Carmencita! Mira, ahí, junto a la fuente de bronce de la Plaza. ¿Qué le están haciendo? ¿Le están pegando?

ABUELA

Es cierto. Los caballeros lo sacaron a la calle y le dieron de bastonazos. Junto a la fuente de bronce, sí. ¡Qué memoria, Elvira!

MAMAÉ

¡Ya no le peguen más! ¡Está lleno de sangre! ¡No me hizo nada, ni siquiera me habló! ¡Tía Amelia, a ti te harán caso! ¡Tío Menelao, que ya no le peguen! (*Reponiéndose.*) ¿Crees que lo han matado, Carmencita?

39

ABUELA

No, sólo le dieron una paliza por su atrevi-
miento. Después, lo mandaron a la cárcel de los chilenos. ¿Qué audacia, no? Disfrazarse y meterse al
baile del Orfeón. Nos quedamos tan impresionadas.
Teníamos pesadillas, creíamos que cualquier noche
se nos entraría por la ventana. Semanas, meses, sólo
hablamos del negro de La Mar.

BELISARIO (*Excitadísimo, da un
golpe en la mesa, deja
de escribir un momen-
to para besar la mano
y el lápiz con los que
está escribiendo*)

¡El negro de La Mar! ¡Toma cuerpo, se mueve,
camina!

MAMAÉ

No es de La Mar. Es uno de los esclavos de la
hacienda de Moquegua.

ABUELA

Qué tontería, hija. En esa época ya no había esclavos en el Perú.

MAMAÉ

Desde luego que había. Mi papá tenía tres.

40

BELISARIO (*Interrumpiendo un instante su trabajo*)

¡Los mandingos!

MAMAÉ

Me pasaban de una orilla a otra del Caplina en sillita de reina.

BELISARIO (*Escribiendo*)

Dormían en el establo, amarrados de los tobillos para que no se escaparan.

MAMAÉ

No le vi la cara, pero algo había en sus movimientos, en sus ojos, que lo reconocí. Estoy convencida, era uno de ésos. Un mandingo cimarrón...

Se abre la puerta de calle y entra el Abuelo. Viene acezando, con los cabellos revueltos y la ropa desarreglada. Viste pobremente. Al verlo, la Mamaé le hace una venia cortesana, como si saludara a un desconocido ilustre, y vuelve a recluirse en su mundo imaginario. Entra Amelia.

AMELIA (*Se nota que ha estado
cocinando*)
Pero, papá... ¿Qué ha pasado?

ABUELA (*Poniéndose de pie*)
¿Y tu sombrero, Pedro? ¿Y el bastón?

ABUELO
Me los robaron.

ABUELA
Dios mío, cómo ha sido.

*Amelia y la Abuela llevan al
Abuelo hasta el sillón y lo hacen
sentarse.*

ABUELO
Al bajar del tranvía. Un bribón de esos que an-
dan sueltos por las calles de Lima. Me tiró al suelo.
Me arrancó también el... (*buscando la palabra*) el
aparato.

ABUELA
¿El reloj? ¡Ay, Pedro, te robaron tu reloj!

AMELIA
¿Ves que tenemos razón, papá? No salgas solo,
no tomes ómnibus, no subas al tranvía. ¿Por qué no

haces caso? Estoy ronca de tanto decirte que no salgas a la calle.

ABUELA

Además, no eres una persona sana. ¿Y si vuelves a tener el blanco en la cabeza? No sé cómo no escarmientas, después de semejante susto. ¿Ya no te acuerdas? Diste vueltas, horas de horas, sin encontrar la casa.

ABUELO

No voy a pasarme la vida encerrado aquí, esperando que me entierren, hijita. No voy a dejar que este país acabe conmigo así nomás...

ABUELA

¿Te hiciste daño? ¿Dónde te golpeaste?

ABUELO

Porque en ninguna parte se desperdicia como en el Perú a la gente que quiere trabajar. Aquí es delito ser viejo. En los países cultos es al revés. En Alemania, en Inglaterra. A los hombres de edad se les llama, se aprovecha su experiencia. Aquí, a la basura. No me conformo porque sé que rendiría mejor que un joven en cualquier trabajo.

BELISARIO (*Dejando de escribir,*
dejándose ganar por
un recuerdo)

Siempre con lo mismo, dale que dale como un
cutipiojo. Eso no se te olvidaba nunca, abuelo.

Trata de volver a escribir, pero
después de garabatear algunas
líneas se distrae y progresivamente
se interesa en lo que pasa en casa de
los Abuelos.

AMELIA

Con desesperarte así no vas a resolver nada,
sólo malograrte los nervios.

ABUELA

Tienes la cabeza débil, marido, entiéndelo. El
médico te ha advertido que si no tomas las cosas con
calma, te repetirá el ataque.

ABUELO

Mi cabeza anda muy bien ahora. Les juro que sí,
no he vuelto a tener el menor mareo. (*Hace un gesto*
de pesar.) El sombrero y el... el aparato no me impor-
tan. El reloj, sí. Lo tenía más de quince años y no se
había malogrado nunca. En fin, cambiemos de tema.
¿Oyeron el radioteatro de las ocho?

ABUELA

Lo oí yo, Amelia se lo perdió por estar planchando la ropa del futuro abogado. Figúrate que Sor Fátima colgó los hábitos para casarse con el compositor...

AMELIA

Ah, mira, tienes una herida en la muñeca.

ABUELA

Atacar a un viejo, qué cobarde.

ABUELO

Me cogió desprevenido, por la espalda. De frente, hubiera sido distinto. Seré viejo, pero tengo dignidad y puedo defenderme. (*Sonríe.*) Siempre fui bueno peleando. En los jesuitas, en Arequipa, me decían "Chispillas", porque a la primera provocación, retaba a cualquiera. Y nadie me pisaba el poncho.

MAMAÉ (*Volviéndose   hacia ellos, alarmada*)

¿Qué dices, Pedro? ¿Retar a Federico Barreto por haberme escrito ese verso? No lo hagas, no seas fosforito. Fue una galantería sin mala intención. No te expongas, dicen que es un gran espadachín.

ABUELO

¿Ah, sí? Bueno, entonces no lo retaré. Además, era un verso muy inspirado. El poeta Barreto tenía buen gusto, hay que reconocerlo. (*A la Abuela.*) También a ti te echaba flores ese viejo verde, ñatita.

ABUELA

Esta Elvira, resucita cada cosa... Ven, te pondré mercurio cromo, no se vaya a infectar.

AMELIA

Que te sirva de lección, papá. Te advierto que no te dejo salir solo nunca más, como han ordenado mis hermanos. Por lo menos, no de noche. Da tus paseos de día, por aquí, alrededor de la manzana. O cuando pueda acompañarte yo, o mi hijo.

ABUELO (*Poniéndose de pie*)

Está bien, Amelia. (*A la Abuela.*) ¿Te das cuenta, Carmen, qué mal debe andar el país para que le roben a un muerto de hambre como yo? Arriesgarse a ir a la cárcel por un bastón que era un palo viejo y por un sombrero amarillento y con agujeros...

ABUELA (*Llevándolo hacia el interior*)

Ese reloj te lo regalaron los Vocales de la Corte, en Piura, cuando eras Prefecto. Qué pena, un recuerdo tan bonito. Bueno, tu nieto Belisario te regalará otro, cuando gane su primer pleito...

Salen, seguidos por Amelia. Se oscurece el escenario.

BELISARIO

Mi primer pleito... Tú también soñabas, abuelita. (*Se enfurece.*) ¿Y qué viene a hacer aquí la abuela? ¿Vas a meter al abuelo Pedro en una historia de amor en la que todavía no hay un beso? No eres capaz de escribirla, Belisario. No sabes escribir, te has pasado la vida escribiendo y cada vez es peor. ¿Por qué, abuelito? Un médico, después de extraer cincuenta apéndices y tajar doscientas amígdalas y de trepanar mil cráneos ya hace esas cosas como jugando ¿no es cierto? ¿Por qué, entonces, después de escribir cincuenta o cien historias sigue siendo tan difícil, tan imposible, como la primera vez? ¡Peor que la primera vez! ¡Mil veces más difícil que la primera vez! ¡Abuelo, abuelita: desaparezcan, no me distraigan, no me interrumpan, no me estorben! ¡Váyanse a la mierda, abuelos! ¡Déjenme escribir mi historia de amor! (*Queda meditabundo.*) El abuelo hubiera podido ser un personaje de novela. Una vida en el siglo: la ruina lenta, la corrosiva decadencia. Prefecto de Piura en el gobierno constitucional de Bustamante. Antes, introductor del algodón en Santa

Cruz de la Sierra, en Bolivia. Antes todavía, agricultor en Camaná. Y, antes, empleado en una firma inglesa de Arequipa. ¿Pero tú hubieras querido ser abogado y poeta, no abuelito? Eso hubieras sido si no hubiera muerto tu padre cuando tenías quince años. Por eso te destinaron a la abogacía, Belisario: para retomar la tradición jurídica de la familia. (*Por su expresión, se advierte que una idea ha comenzado a insinuarse, en relación con lo que está escribiendo. Coge el lápiz, le da vueltas, acomoda sus papeles.*) Sí, puede servir. Ven para acá, abuelito, siento haberte mandado a la mierda. Claro que te quiero mucho, claro que eres personaje de cuento. Por eso aparecías siempre en los cuentos de la Mamaé. Tú eras el prototipo de esos especímenes que ella adoraba, esos seres remotos y magníficos como los unicornios y los centauros: los caballeros. (*Está escribiendo ahora con interés.*) La vida del abuelo no fue nada mítica, sin embargo. Trabajar como una mula, para mantener no sólo a sus hijos sino a la gente que la abuelita Carmen, la mujer más caritativa de la creación, iba recogiendo por el mundo. Hijos de imbéciles que se volaban la cabeza jugando a la ruleta rusa para ganar una apuesta o señoritas casaderas sin padre ni madre, como la Mamaé.

Al iluminarse el escenario, está allí la Señora Carlota. La Ma-

*maé, desde su sillón, la examina
con respeto. Se pone de pie y —reju-
venecida— va hacia ella.*

MAMAÉ

Buenas tardes, señora Carlota, qué sorpresa.
Mis tíos no están, ni Carmencita tampoco. Siéntese,
por favor. ¿Le puedo ofrecer una taza de té?

SEÑORA CARLOTA

"Como salida de una acuarela del maestro Modesto Molina." Eso oí decir de ti en La Alameda,
durante la retreta. Es cierto, eres así.

MAMAÉ

Es usted muy amable, señora Carlota.

SEÑORA CARLOTA

El pelo retinto, la piel de porcelana. Las manos
bien cuidadas, los pies pequeños. Una muñequita, sí.

MAMAÉ

Por Dios, señora, me hace usted ruborizar. ¿No
quiere sentarse? Mis tíos ya no tardarán. Fueron a
dar el pésame a...

SEÑORA CARLOTA

Joven, bonita, y, además, una buena herencia en
perspectiva ¿no? ¿Es verdad que la hacienda de

4

Moquegua que tenía tu padre está en curatela y que
será tuya cuando cumplas la mayoría de edad?

Mamaé
¿Por qué me dice esas cosas? ¿Y en ese tono?
Habla usted como si me tuviera enojo por algo.

Señora Carlota
Enojo no es la palabra, niñita de mírame y no
me toques. Lo que te tengo es odio. Te odio con todas mis fuerzas, con toda mi voluntad. Todo este
año te he deseado las peores desgracias de la tierra.
Que te arrollara el ferrocarril, que la viruela te co-
miera la cara, que la tuberculosis te agujereara los
pulmones. ¡Que te cargara la trampa!

Mamaé
¿Pero, qué le he hecho yo, señora Carlota? Si
apenas la conozco. ¿Por qué me dice cosas tan horri-
bles? Y yo que creí que había venido a traerme el regalo de bodas.

Señora Carlota
He venido a decirte que Joaquín no te quiere.
Que me quiere a mí. Aunque seas más joven. ¡Aunque seas virgencita y soltera! A él no le gustan las
miniaturas de filigrana que quiebra el viento. A él le
gusto yo. Porque yo sé algo que tú y las señoritas

como tú no aprenderán nunca. Yo sé amar. Sé lo que es la pasión. Sé dar y recibir placer. Sí, eso que para ti es una mala palabra: placer.

Mamaé

Ha perdido usted el juicio, señora Carlota. Se olvida que...

Señora Carlota

¿Que soy casada y con tres hijos? No me olvido. ¡Me importa un bledo! Mi marido, mis hijos, la sociedad de Tacna, el qué dirán, la religión: ¡un bledo! Eso es el amor ¿ves? Estoy dispuesta a todo, pero no a perder al hombre que quiero.

Mamaé

Si es como usted dice, si Joaquín la quiere a usted, ¿por qué ha pedido mi mano?

Señora Carlota

Por el apellido que tienes, por la hacienda que vas a heredar, porque un oficial tiene que asegurar su futuro. Pero, sobre todo, porque no puede casarse con la mujer que quiere. Se casa contigo por conveniencia. Se resigna a casarse contigo. Óyelo bien: se re-sig-na. Me lo ha dicho así, cien veces. Hoy mismo, hace dos horas. Sí, vengo de estar con Joaquín. Todavía me resuenan en los oídos sus palabras:

"Eres la única que sabe hacerme gozar, soldadera".
Porque me llama así, cuando me entrego a él: "Soldadera", "Mi soldadera".

MAMAÉ (*La escucha hipnotizada*)

Señora Carlota, cállese ya. Por favor, le suplico que...

SEÑORA CARLOTA

Te estoy escandalizando, lo sé. Tampoco me importa. He venido para que sepas que no voy a renunciar a Joaquín, aunque se case contigo. Ni él a mí. Vamos a seguir viéndonos a tus espaldas. He venido a decirte cuál será tu vida de casada. Preguntarte cada mañana, cada tarde, si tu marido, en vez de haber ido al cuartel, está haciendo el amor conmigo.

MAMAÉ

Voy a llamar a los criados para que la acompañen a la puerta, señora Carlota.

SEÑORA CARLOTA

Y si trasladan a Joaquín, abandonaré a mi marido y a mis hijos y lo seguiré. Y tus dudas, tu suplicio, continuarán. He venido a que sepas hasta dónde puede llegar una mujer enamorada. ¿Ves?

Mamaé

Sí, señora, veo. Tal vez sea cierto lo que dice. Yo no sería capaz de actuar así. Para mí el amor no puede ser una enfermedad. No la entiendo. Es usted bella, elegante, su marido una persona tan distinguida, a quien todo Tacna respeta. Y sus hijos, unos chiquilines tan ricos. ¿Qué más se puede desear en la vida?

Señora Carlota

Pues bien, quizá así lo entiendas. Estoy dispuesta a sacrificar todo eso que te parece envidiable, por una palabra de Joaquín. A irme al infierno, si es el precio para seguir con él.

Mamaé

Dios la está oyendo, señora Carlota.

Señora Carlota

Entonces, sabe que es verdad. Cuando Joaquín me tiene en sus brazos, y me estruja, y me somete a sus caprichos, nada más existe en el mundo: ni marido, ni hijos, ni reputación, ni Dios. Sólo él. Eso, no me lo vas a quitar.

Mamaé

¿Hace cuánto tiempo que es usted la... la... el amor de Joaquín?

Señora Carlota

¿La amante de Joaquín? Dos años. Te voy a contar algo más. Nos vemos todas las semanas en una cabaña de La Mar, al ponerse el sol. A esa hora los negros regresan de las haciendas, cantando. Los oímos. Hemos aprendido sus canciones de tanto oírlas. ¿Qué otra cosa quieres saber?

Mamaé

Nada más, señora. Le ruego que se vaya ahora.

Señora Carlota

Tú no podrías vivir con Joaquín. Eres demasiado pura para un hombre tan ardiente. Lo dice él mismo. Tienes que buscarte un joven lánguido. Tú no podrías ser soldadera de nadie. Te falta sangre, malicia, imaginación.

Mamaé

¡Tiene que irse! ¡Mis tíos llegarán en cualquier momento, señora!

Señora Carlota

Que me vean. Que estalle de una vez el escándalo.

Mamaé

No estallará por mi culpa. No he oído nada, no sé nada, no quiero saber nada.

Y, sin embargo, has oído y lo sabes todo. Y ahora, el gusanito comenzará a roerte el corazón. "¿Será verdad que se casa conmigo por conveniencia?" "¿Será verdad que la quiere a ella?" "¿Será verdad que la llama soldadera cuando la tiene en sus brazos?"

La Señora Carlota sale. Belisario, que al principio del diálogo de ésta con la Mamaé ha estado escribiendo, anotando, echando papeles al suelo, de pronto quedó pensativo, luego interesado en lo que decían las dos mujeres, y, al final, ha ido a acuclillarse como un niño junto al sillón de la Mamaé.

Mamaé (*Está regresando hacia su sillón y, viejita de nuevo, habla para sí misma*)

¿Será verdad que le dice que soy una niñita de mírame y no me toques? ¿Una remilgada que nunca sabrá hacerlo feliz como sabe ella? ¿Será verdad que estuvo con ella ayer, que está con ella ahora, que estará con ella mañana?

Se acurruca en su sillón. Belisa-
rio está a sus pies, como un niño,
escuchándola.

BELISARIO
O sea que la mujer mala le hizo dar unos celos terribles a la señorita que estaba de novia.

MAMAÉ
Peor todavía. La inquietó, la turbó, le llenó la cabecita inocente de víboras y pajarracos.

BELISARIO
¿Cuáles son los pajarracos, Mamaé? ¿Los gallinazos?

MAMAÉ (*Sigue el cuento*)
Y la pobre señorita pensaba, con los ojos llenos de lágrimas: "O sea que no me quiere a mí sino a mi apellido y a la posición de mi familia en Tacna. O sea que ese joven que yo quiero tanto es un sinvergüenza, un aprovechador".

BELISARIO
Pero eso no es cierto, Mamaé. ¡Quién se va a casar por un apellido, por una posición social! Que se quería casar con la señorita porque ella iba a heredar una hacienda, me lo creo, pero lo otro...

Mamaé
Lo de la hacienda era falso. El oficial chileno sabía que esa hacienda la habían rematado para pagar las deudas del papá de la señorita.

Belisario
Ya estás enredando el cuento, Mamaé.

Mamaé
Así que el oficial chileno le había mentido a la mujer mala. Que la señorita iba a heredar una hacienda. Para que lo de casarse por interés, no por amor, resultara más convincente. O sea que no sólo engañaba a la señorita sino también a la señora Carlota.

Belisario
¿La mujer mala se llamaba Carlota?

Mamaé
Sí. Tenía un apodo feísimo. Le decían: "La soldadera".

Belisario
¿Qué quiere decir soldadera, Mamaé?

Mamaé
Aj, es una mala palabra. (*Distrayéndose, hablándose a sí misma.*) Pero no era tonta, decía verdades.

Como: "Una mujer sólo puede ser orgullosa si renuncia al amor".

Ya te fuiste otra vez por tu lado y me dejaste en la luna, Mamaé.

*Se pone de pie y regresa a su me-
sa de trabajo, hablando entre dientes, mientras la Mamaé mueve los
labios un momento, como si siguiera contando el cuento. Luego, se
adormece.*

Belisario
La mujer mala... Nunca faltaba en los cuentos. Y muy bien hecho, en las historias románticas debe haber mujeres malas. No tengas miedo, Belisario, aprende de la Mamaé. Por lo demás ¿el papel no aguanta todo? Que la historia se llene de mujeres malas, son siempre más interesantes. ¿Había dos, no, Mamaé? A veces se llamaba Carlota y era una señora traviesa, en Tacna, a principios de siglo. A veces, era una india de Camaná, que, en los años veinte, por una razón muy enigmática, había sido azotada por un caballero. (*Se ha puesto a escribir.*) A menudo se confundían, entreveraban, y había también ese abanico de nácar que, de repente, irrumpía

en los cuentos con un verso garabateado en él por un poeta romántico.

ABUELA (*Entrando*)

¡Elvira! ¡Elvira! ¡Pero qué has hecho! ¿Te has vuelto loca? ¡Pero cómo es posible! ¡Tu vestido de novia! ¡Tan lindo, todo bordado de encaje, con su velo que parecía espuma!

MAMAÉ

Me costó media caja de fósforos y quemarme las yemas de los dedos. Por fin se me ocurrió echarle un poco de parafina. Así ardió.

ABUELA (*Desolada*)

Pero si la boda es mañana. Si la gente está viniendo para el matrimonio desde Moquegua, desde Iquique, desde Arica. ¿Te has peleado con Joaquín? ¿La víspera de tu boda, Elvirita? O sea que la casa ha sido arreglada con todos esos ramos de cartuchos y de rosas, para nada. O sea que hace un mes que preparamos dulces y pastas por gusto. Hasta acaban de traer la torta.

MAMAÉ

¿De tres pisos? ¿Como en la novelita de Gustavo Flaubert? ¿Con columnas de mazapán y amorcillos de almendra? Ah, aunque no haya boda nos la comeremos. Estoy segura que el italiano Máspoli se ha esmerado, él siempre me hace tanto cariño...

ABUELA

¿No vas a contarme qué pasa? Nunca hemos tenido secretos. ¿Por qué has quemado tu vestido de novia?

MAMAÉ

Porque ya no quiero casarme.

ABUELA

¿Pero por qué? Hasta anoche estabas tan enamorada. ¿Qué te ha hecho Joaquín?

MAMAÉ

Nada. He descubierto que no me gusta el matrimonio. Prefiero vivir soltera.

ABUELA

¿No te gusta el matrimonio? A mí no puedes engañarme, Elvirita. Es la ambición de todas las muchachas y también la tuya. Hemos crecido soñando con el día que formaríamos nuestros propios hogares, adivinando las caras que tendrían nuestros maridos, escogiendo nombres para nuestros hijos. ¿Ya te has olvidado?

MAMAÉ
Sí, ñatita. Ya me he olvidado de todo eso.

ABUELA
No te has olvidado, no es verdad.

> *La Abuela y la Mamaé continúan su diálogo en silencio. Belisario, que ha levantado el lápiz del papel y está pensativo, concentrado en sus pensamientos, habla como si las estuviera viendo, oyendo:*

BELISARIO
Las casas de las dos iban a ser tan ordenadas y tan limpias como la del cónsul inglés. Las sirvientas de las dos iban a estar siempre impecables, con sus mandiles y tocas con mucho almidón, y la abuelita y la Mamaé las iban a mandar al catecismo y las iban a hacer rezar el rosario con la familia. Y ambas se iban a conservar siempre bellas, para que sus maridos siguieran enamorados de las dos y no las engañaran. E iban a educar bien machitos a sus hijos y bien mujercitas a sus hijas. La abuela tendría cuatro, la Mamaé seis, ocho...

> *Se pone a escribir otra vez.*

MAMAÉ

Ni siquiera sabe que no me voy a casar con él.
Hoy iba donde el sastre Isaías, a recoger su uniforme de gala para la boda. Se va a llevar una sorpresa cuando los criados le digan que no puede poner los pies en esta casa nunca más.

ABUELA (*Avergonzándose*)

¿Es por miedo, Elvirita? Quiero decir, ¿por
miedo a... a la noche de bodas? (*La Mamaé niega
con la cabeza.*) ¿Pero entonces por qué? Tiene que
haber sucedido algo terrible para que plantes a tu novio la víspera del matrimonio...

MAMAÉ

Ya te lo he dicho. He cambiado de idea. No
voy a casarme. Ni con Joaquín ni con nadie.

ABUELA

¿Has sentido el llamado de Dios? ¿Vas a entrar
al convento?

MAMAÉ

No, no tengo vocación de monja. No voy a casarme ni entrar al convento. Voy a seguir como
hasta ahora. Soltera y sin compromiso.

ABUELA

Me estás ocultando algo grave, Elvira. ¡Quedarte soltera! Pero si es lo más terrible que le puede pasar a una muchacha. ¿No dices tú misma que la tía Hilaria da escalofríos por su soledad? Sin marido, sin hogar, sin hijos, medio loca. ¿Quieres ser como ella, llegar a vieja como un alma en pena?

MAMAÉ

Más vale sola que mal acompañada, Carmencita. Lo único que lamento es el disgusto que les daré a mis tíos. ¿Ya vieron el vestido ardiendo la tía Amelia y el tío Menelao? (*La Abuela asiente.*) Qué delicados son. Ni siquiera han venido a preguntarme por qué lo he quemado. Y ellos que han hecho tanto sacrificio para que yo tuviera una boda por todo lo alto. Se han ganado el cielo con el corazón que tienen...

ABUELA (*Dándole un beso en la mejilla*)

Nunca te vas a quedar sola, como la tía Hilaria. Porque cuando yo me case, si algún caballero quiere hacerse de mí, te vendrás a vivir con nosotros.

MAMAÉ

Tú también eres buena, ñatita.

Emocionadas, se hacen cariños.
Belisario, de pie, se pasea por el
proscenio con un alto de papeles en
las manos, desasosegado:

BELISARIO

No será una historia de amor, pero romántica sí
lo es. Eso, al menos, está claro. Hasta donde tú re-
cuerdas y hasta donde mi madre recordaba, ambas
fueron uña y carne. ¿No hubo entre ellas, en esos
largos años de convivencia, roces, envidias? ¿No
hubo celos en esos años en que lo compartieron
todo? (*Las mira a las dos, burlón.*) Bueno, dudo que
compartieran al Abuelo. Pero sí a los hijos ¿no es
verdad? (*Da vueltas alrededor de la Abuela y la Mamaé, examinándolas.*) Es decir, tú los tenías, Abuelita,
y eras tú, Mamaé, quien pasaba los sustos y los des-
velos. Tú dabas mamaderas y cambiabas pañales y
hacías guardia junto a las cunas y eras tú la que se
quedaba en casa para que los abuelos salieran al teatro, al cine y a las fiestas, cuando todavía podían
darse esos lujos. (*Va hasta el escritorio, donde deja los
papeles y los lápices. Se arremanga los pantalones, como
hacen los niños para vadear un río, y da de pronto unos
saltitos, brinquitos, como si estuviera haciendo bailar un
trompo o jugando a la rayuela.*) Pero con quien de-
mostraste todavía más paciencia, una paciencia infi-

64

nita, allá en Bolivia, fue con el jurisconsulto en ciernes, el futuro salvador de la familia, Mamaé.

Agustín y César han entrado de la calle durante el monólogo de Belisario. Besan a la Abuela, a su hermana y se acercan a saludar a la Mamaé, quien, al verlos venir sonríe cortésmente y les hace una profunda reverencia. Ellos la acariñan. Ella se deja hacer, pero, de pronto, grita:

Mamaé
¡Viva Herodes! ¡Viva Herodes! ¡Ayyy!

Cuando la Mamaé grita ¡Viva Herodes!, Belisario, sin dejar de escribir, parece divertirse mucho. Se revuelve en su asiento, regocijado, y a veces interrumpe su trabajo para mirar a la Mamaé e imitar sus gestos, como llevarse la mano al pescuezo y simular que estuviera acogotando a alguien.

Abuela
Calla, Elvira, no des esos gritos de loca. Qué tontería es esa de chillar ¡Viva Herodes! cada vez

que vienen mis hijos. (*A éstos*) Ay, hijitos, entre la Mamaé, que vive en la luna, y mi marido que ya no se acuerda de nada, no sé qué va a pasar conmigo. Voy a ver si Pedro está despierto. Se recostó un momento.

> *Sale. Los tres hijos rodean a la Mamaé.*

MAMAÉ
De todos los personajes de la Historia, es el que me gusta más. Los mandó matar a toditos. Yo también acabaría con ellos, no dejaría ni uno de muestra.

CÉSAR (*A su hermano*)
Y tú querías que bajara a los chicos del auto, para que saludaran a los papás.

MAMAÉ
¡Porque los odio! ¿Y saben ustedes por qué? Por esos miles y miles de pañales manchados.

AGUSTÍN (*Pasándole la mano por los cabellos*)
Te has pasado la vida cuidando hijos ajenos y ahora resulta que detestas a las criaturas.

66

MAMAÉ

Por esos millones de baberos vomitados, por sus pucheros, por sus babas, por esos mocos que no saben limpiarse, por esas rodillas sucias y con costras. Porque no dejan comer a la gente grande, con sus malacrianzas y sus travesuras en la mesa.

La Mamaé les habla sin enojo, haciéndoles venias y sonrisas, pero da la impresión de que no los oyera o de que no entendiera palabra de lo que ellos le dicen.

AMELIA

Y pensar que cuando Belisario tuvo la viruela fue ella la que me echó del cuarto para dormir al lado de mi hijo.

MAMAÉ

Porque gritan, son caprichosos, todo lo rompen, lo ensucian, lo malogran.

BELISARIO (*Interrumpiendo su trabajo*)

Te pasabas el día echándome esa pomada negra que yo odiaba, Mamaé. Granito por granito. Cogiéndome las manos y distrayéndome con cuentos para que no me rascara. ¡Pero ni por ésas me libré de ser feo, Mamaé!

MAMAÉ

Son unos egoístas que no quieren a nadie. Unos sultanes a los que hay que dar gusto en todas sus necedades y majaderías. Por eso, como Herodes, a toditos. ¡Así, así!

CÉSAR

¿Y cuando en Arequipa yo invitaba a la casa a mis compañeros de colegio, Mamaé? ¡Nos preparabas té a los treinta de la clase! Así que, aunque lo jures y rejures, no te creo que odies a los niños.

> *Amelia le hace una seña a Agustín y ambos se apartan unos pasos. En su mesa, Belisario queda con una expresión intrigada, mirando a Amelia y Agustín mientras hablan.*

AMELIA

Quiero hablar contigo, Agustín.

AGUSTÍN

Sí, hermana.

AMELIA

Es que, quería decirte que... ya no puedo más.

> *César, al oírla, se acerca a ellos. La Mamaé se adormece.*

CÉSAR

¿Qué pasa, Amelia?

AMELIA

Estoy rendida. Tienen que tomar una sirvienta.

AGUSTÍN

Si fuera posible, la hubiéramos tomado hace
tiempo. El acuerdo fue que nosotros ayudábamos a
Belisario a terminar su carrera y que tú te ocuparías
de la casa.

AMELIA

Ya lo sé. Pero no puedo más, Agustín. Es mucho trabajo para una sola persona. Y, además, me estoy volviendo loca en este mundo absurdo. Los papás y la Mamaé están ya muy viejitos. El papá no se
acuerda de las cosas. Pide el almuerzo cuando acaba
de terminar de almorzar. Y si no le doy gusto, la
mamá llora.

CÉSAR

Habla más bajo, hermana, la Mamaé te va a oír.

AMELIA

Aunque me oiga, no entiende. Su cabeza está en
otra parte. (*Mira a la Mamaé.*) Con ella es todavía
peor, César. Yo tengo paciencia, yo la quiero mu-

69

cho. Pero para todo hay límites. ¿No ven que es como una bebe? Lavar sus calzones, sus camisones embarrados se ha convertido en una pesadilla. Y, además, cocinar, barrer, planchar, tender camas, fregar ollas. Ya no doy más.

CÉSAR (*A Agustín*)

La verdad es que, quizás, se necesitaría una sirvienta...

AGUSTÍN

Magnífico, hermano. Tomemos una. Eso sí, supongo que la pagarás tú.

CÉSAR

¿A qué vienen esas ironías, Agustín? Sabes que estoy en mala situación.

AGUSTÍN

Entonces no hables de tomar una sirvienta. ¿Sospechas acaso lo que cuesta esta casa? ¿Se te ha ocurrido coger un lápiz y sumar? Alquiler, mercado, agua, luz, baja policía, médicos, remedios, los tres mil a Amelia, etcétera. ¿Cuánto hace? Catorce o quince mil soles al mes. ¿Y cuánto das tú, quejándote como un Jeremías? ¡Dos mil soles!

Joaquín entra, discreto como un fantasma, vestido con el mismo

*uniforme del principio. Se sienta
junto a la Mamaé.*

CÉSAR

¡Esos dos mil soles son para mí un gran esfuerzo! Lo que gano no me alcanza, vivo endeudado y a ti te consta. ¡Son cuatro hijos, Agustín! Este año he tenido que poner a los dos menores en un colegio fiscal, con los cholos y los negros...

MAMAÉ (*Abriendo los ojos*)

Con los cholos... O sea que era ahí, todas las tardes, a la hora en que los peones volvían de las haciendas. En el barrio de los cholos y de los negros. En la ranchería de La Mar.

AMELIA

Esos tres mil soles que me das no son para mí, Agustín. Sino para los estudios de Belisario. Yo no me compro ni un pañuelo. Para no causarte más gastos hasta he dejado de fumar.

BELISARIO (*Mirando hacia el público, exagerando*)

¿Yo, un empleo? ¡Imposible, mamá! ¿Y los códigos? ¿Los reglamentos? ¿Las constituciones? ¿Los tratados? ¿El derecho escrito y el derecho consuetudinario? ¿No quieres que sea un gran abogado, para que un día los ayude a los abuelos, a ti, a los tíos? ¡Entonces tienes que darme más plata, para libros! Qué cínico podías ser, Belisario.

Agustín
Pero Belisario podría trabajar medio tiempo, Amelia. Cientos de universitarios lo hacen. Tú sabes que siempre los he ayudado a tu hijo y a ti, desde la estúpida muerte de tu marido. Pero ahora las cosas se han puesto muy difíciles y Belisario es ya un hombre. Deja que le busque un puesto...

César
No, Agustín, Amelia tiene razón. Que termine la Universidad. O le pasará lo que a mí. Por ponerme a trabajar dejé los estudios y mira el resultado. Él fue siempre el primero de la clase. Es seguro que llegará lejos. Pero necesita un título, porque hoy...

> *Su voz se convierte en un susurro, mientras se eleva la voz de la Mamaé.*

Mamaé
He pasado por esa ranchería muchas veces. Con el tío Menelao y la tía Amelia, yendo hacia el mar. Los negros, los cholos y los indios venían a pedirnos

limosna. Metían sus manos en el coche y el tío Menelao decía ¡qué uñas inmundas! A mí me daban miedo. De lejos, La Mar parece bonita, con sus cabañas de paja y sus calles de arena. Pero de cerca es pobre, sucia, apesta y está llena de perros bravos. O sea que se veían ahí.

Joaquín
Sí, ahí. En La Mar. Cada tarde. Nos veíamos y veíamos ponerse el sol.

Sube el rumor del diálogo entre los tres hermanos.

Agustín
Cada cual tiene sus razones, por supuesto. También tengo las mías. Podría decir: estoy harto de vivir en una pensión, de andar en ómnibus, de no haberme podido casar, porque desde que trabajo la mitad de mi sueldo es para ayudar a los papás, a Amelia, al sobrino. Estoy harto de no poder ir a un buen restaurante, de no tomar vacaciones, de hacer remendar mis ternos. Y como estoy harto ya no doy para esta casa más de dos mil soles al mes. Igual que tú. ¿Qué pasaría entonces con los papás, con la Mamaé, con el futuro genio del foro?

AMELIA

¡No te burles, Agustín! Mi hijo será un gran abogado, sí, y tendrá montones de clientes y ganará fortunas. ¡Y no lo pondré a trabajar, hasta que termine su carrera! Él no será un fracasado y un mediocre.

AGUSTÍN

¿Como yo, quieres decir?

MAMAÉ

O sea que, cada tarde, después de las guardias, mientras yo te esperaba rezando rosario tras rosario para que pasaran más pronto los minutos, ibas donde ella, a La Mar, y le decías cosas ardientes.

JOAQUÍN

Soldadera, amor mío, tienes manos fuertes y a la vez suaves. Pónmelas aquí, en las sienes. He estado montando a caballo toda la mañana y me hierve la sangre. Apriétame un poco, refréscame. Así. Ah, es como si hundiera la cara en un ramo de flores.

BELISARIO

Tú sí que no te hacías ilusiones conmigo, tío Agustín.

CÉSAR

Cállense, no comiencen otra vez. Basta de hacernos mala sangre; todos los días peleamos por lo mismo. Más bien, por qué no consideran lo que les propuse.

AMELIA

Lo he hecho, César. Y estoy dispuesta a aceptarlo. Me oponía, pero ahora ya no.

CÉSAR

Claro, Amelia. Es lo más sensato. (*Mira a la Mamaé.*) Ella está ya afuera de este mundo, ni notará el cambio. Tú, más descansada, podrás ocuparte mejor de los papás. Vivirán más desahogados en esta casa. E, incluso, es probable que la Mamaé esté más contenta que aquí.

> *Joaquín ha cogido las manos de la Mamaé; las besa, apasionadamente.*

JOAQUÍN

Pero, más todavía que tus manos me gusta de ti otra cosa, Carlota.

MAMAÉ (*Con miedo*)

¿Qué cosa? ¿Qué es lo que más te gustaba de esa mujer?

AGUSTÍN

O sea, metemos a la Mamaé al Asilo y todo resuelto. Claro, es muy fácil. Porque ustedes piensan en el Asilo privado de San Isidro donde estuvo la tía Augusta. Desde luego que allí no sufriría. Es tan limpio, con enfermeras que cuidan a los viejitos día y noche y los sacan a pasear a los jardines. Hasta les dan cine una vez por semana ¿no es cierto? (*Con sarcasmo*) ¿Saben ustedes la fortuna que cuesta ese lugar?

JOAQUÍN

Tu cuello. Deja que lo bese, que sienta su olor. Así, así. Ahora quiero besarte en las orejas, meter mi lengua en esos niditos tibios, mordisquear esas puntitas rosadas. Por eso te quiero, soldadera. Sabes darme placer. No eres como Elvira, una muñequita sin sangre, una boba que cree que el amor consiste en leer los versos de un bobo que se llama Federico Barreto.

AGUSTÍN

La Mamaé no iría al de San Isidro. Iría al Asilo de la Beneficiencia, que es gratuito. Y ése, ustedes no lo conocen. Yo, en cambio, me he tomado el trabajo de ir a verlo. Tienen a los viejos en la promiscuidad y la mugre. Casi desnudos. Se los comen los piojos, duermen en el suelo, sobre costales. Y está en el barrio de Santo Cristo, junto al cementerio, de modo que los viejos se pasan el día viendo entierros. ¿Ahí quieren poner a la Mamaé?

MAMAÉ (*Desolada, a punto de llorar*)

Todavía no estábamos casados, Joaquín. ¡No podía dejar que me faltaras el respeto! Eso me hubiera rebajado ante tus ojos. Lo hacía por ti, sobre todo. Para que tuvieras una esposa de la que no te avergonzaras.

CÉSAR

¿Y te parece que aquí vive bien la Mamaé? ¿No hueles, Agustín? ¿No dices tú mismo que cada vez que tienes que tomar una taza de leche en esta casa se te revuelve el estómago? Yo no propongo el Asilo por malvado, sino para aliviarte los gastos. Yo la quiero tanto como tú.

MAMAÉ

¿Y qué tenían de malo los versos? En esa época era así. Una estaba enamorada y leía versos. Así era entre las señoritas y los caballeros, Joaquín. No es verdad que Federico Barreto fuera un bobo. Era un gran poeta. Todas las muchachas de Tacna se morían de envidia cuando me escribió ese verso en el abanico.

AMELIA (*A Agustín*)

¿Crees que no tengo sentimientos? Yo la baño, la acuesto, la visto, yo le doy de comer, no te olvides. Pero... tienes razón. No podemos mandar ahí a la Mamaé. Por otra parte, es cierto que la mamá no lo aceptaría nunca.

JOAQUÍN

Hubiéramos hecho una gran pareja, soldadera. ¡Qué lástima que seas casada! En cambio, ese angelito frígido... ¿Será capaz de complacerme cuando sienta, como ahora, una lava que me abrasa aquí adentro? (*Le habla al oído.*) ¿Quieres que te cuente qué voy a hacer con Elvira cuando sea mi mujer?

MAMAÉ (*Tapándose los oídos*)

No quiero saberlo. ¡Cállate, cállate!

CÉSAR

Está bien. Entonces, no he dicho nada. Olvidémonos del Asilo. Yo trato de ayudar, de dar ideas. Y ustedes terminan por hacerme sentir un malvado.

JOAQUÍN

La desnudaré con estas manos. Le quitaré el velo de novia, el vestido, las enaguas, el sostén. Las medias. La descalzaré. Despacio, viéndola ruborizarse, perder el habla, no saber qué hacer, dónde mirar.

Me excita la idea de una muchachita aturdida de miedo y de vergüenza.

AGUSTÍN

Pon los pies en la tierra, César. No vas a resolverme el problema con propuestas descabelladas. Si en vez de esos proyectos irrealizables, dieras cincuenta libras más para los gastos de esta casa, me aliviarías de verdad.

> *En su mesa de trabajo, en la que ha estado alternativamente escribiendo o escuchando y observando a los hermanos y a la Mamaé y a Joaquín, Belisario comienza a bostezar. Se le nota soñoliento, trabajando cada vez más a desgana.*

JOAQUÍN

Y cada vez que vaya apareciendo un poquito de piel, erizada por el susto, me inclinaré a olerla, a gustarla, a afiebrarla a besos. ¿Te da celos, soldadera? ¿Me imaginas pasando los labios, los ojos, las manos, por ese cuerpecito tierno? ¿Te la imaginas a ella, temblando, con los ojos cerrados? ¿Te da celos? Quiero que te de celos, Carlota.

Mamaé

No te oigo. Me tapo los oídos y me libro de ti. Cierro los ojos y tampoco te veo. Por más que trates no puedes ofenderme, rebajarme a tu vulgaridad. Ay, cabecita loca...

> *Se golpea la cabeza, para castigarla por esas visiones.*

Amelia

Ahí está el papá, cállense ahora.

> *Entran el Abuelo y la Abuela. Agustín y César se adelantan a besar a su padre. Belisario ha dejado la pluma y apoya la cabeza en un brazo para descansar un momento.*

Belisario (*Entre bostezos*)

La tierra no va a dejar de dar vueltas porque seas incapaz de terminar una historia. Anda, echa un sueñecito, Belisario.

Abuelo

Se han asustado en vano, hijitos. Estoy muy bien, el... el pirata ése no me hizo nada. Al menos, esto ha servido para tenerlos aquí de visita. Hace tantas semanas que no venían.

CÉSAR

Pero si ayer estuvimos aquí toda la tarde, papá...

JOAQUÍN

Y luego, cuando haya dejado de defenderse, y tenga el cuerpo húmedo de tantos besos, haré que ella, a su vez, me desnude. Como lo haces tú. La enseñaré a obedecer. La educaré como a mi caballo; mansa conmigo y arisca con los otros. Y mientras me va desnudando, estaré pensando en ti. En las cosas que sabes hacerme tú. Eso me irá caldeando más la sangre. Demoraré mucho en amarla, y, cuando lo haga, mentalmente estaré amándote a ti, Carlota.

Acaricia los pechos de la Mamaé.

MAMAÉ

No, no, anda vete, sal de aquí, no te permito, ni en sueños, ni siendo tu esposa. ¡Tía Amelia! ¡Tío Menelao! ¡Carmencita! ¡Ayyy! ¡Ayyy!

Joaquín, con una sonrisa, desaparece. Los tres hermanos y los abuelos, al oír los gritos, se vuelven .a mirar a la Mamaé.

ABUELA

¿Qué te pasa, Mamaé? ¿Por qué das todo el tiempo esos gritos de loca?

MAMAÉ (*Sofocada, avergonzada*)

Soñé que mi novio trataba de tocarme los pechos, ñatita. ¡Estos chilenos tan atrevidos! ¡Hasta en el sueño hacen indecencias! ¡Estos chilenos!

Se santigua, llena de horror. Belisario se ha ido quedando dormido sobre sus papeles. El lápiz se desprende de sus manos y cae al suelo. Se lo oye roncar.

FIN DEL
PRIMER ACTO

SEGUNDO ACTO

SECONDO ATTO

Al levantarse el telón, los Abuelos están oyendo la Misa del Domingo, por el viejo aparato de radio que tienen en la salita de la casa. La voz del sacerdote salmodia en el aparato y la Abuela y la Mamaé hacen las genuflexiones y se persignan en los momentos correspondientes. El Abuelo escucha la Misa con desgana. A ratos, se oye pasar el tranvía. Amelia está disponiendo la mesa para la comida: entra y sale de la pieza sin prestar atención a la Misa radiada. En su mesa de trabajo, Belisario está despertando de su sueño. Bosteza, se frota los ojos, relee algo de lo que ha escrito. Y en ese momento, recuerda o se le ocurre algo que, muy excitado, lo hace levantarse de un salto, coger la sillita en que está sentado, y, apoyándose en ella como

un viejecito que no puede andar, co-
mienza a avanzar por el escenario
arrastrándose, dando pequeños
brinquitos (exactamente como vere-
mos después que hace la Mamaé).

BELISARIO

Cuando el robo al Abuelo ¿todavía podía andar? ¿Podías, Mamaé? Sí, era así, en tu sillita de
madera, como un niño que juega al caballito. De tu
cuarto al baño, del baño al sillón, del sillón al comedor, del comedor a tu cuarto: la geografía de tu
mundo. (*Piensa. Repite, engolosinado con la frase.*) La
geo-gra-fía de tu mundo, Mamaé. ¡Me gusta, Belisario! (*Corre a su escritorio y escribe. Luego, empieza a
mordisquear su lápiz, ganado por los recuerdos.*) Claro
que todavía andabas. Dejaste de andar cuando murió el Abuelo. "No se ha dado cuenta", decía mi
mamá. "No entiende", decían el tío César, el tío
Agustín. (*Mira a la Mamaé.*) ¿No te dabas cuenta
que había un fantasma más en esa casa llena de fantasmas? ¡Claro que te dabas, Mamaé! (*Toma unas
notas rápidas en sus papeles.*) ¿Querías mucho al
Abuelo, no, Mamaé? ¿Cuánto, de qué manera lo
querías? ¿Y esa carta? ¿Y esa paliza? ¿Y la india
mala de Camaná? El caballero siempre aparecía vin-
culado a esa carta y a esa india en los cuentos de la
señorita de Tacna. ¿Cuál era el fondo de esa historia

tan misteriosa, tan escandalosa, tan pecaminosa, Mamaé? ¡Misteriosa, escandalosa, pecaminosa! ¡Me gusta! ¡Me gusta! (*Se pone a escribir, con furia.*)

AMELIA (*Que ha servido ya la sopa*)

¡La comida!

La Misa ha terminado y, en la radio, ha comenzado una tanda publicitaria, con los anuncios del Chocolate Sublime. *Amelia la apaga. Los Abuelos van a sentarse a la mesa. Se nota al Abuelo muy abatido. Con gran esfuerzo, la Mamaé se incorpora de su sillón y da un pasito. Amelia corre a sostenerla.*

AMELIA

¿Quieres romperte una pierna? ¿Adónde vas sin tu silla, Mamaé?

La lleva del brazo hacia la mesa.

MAMAÉ

A la Iglesia quiero ir. A rezar. A Misa, a confesarme. Estoy harta de oír Misa por radio. No es lo mismo. Aunque el cura diga que sí. No lo es. Una se distrae, no toma la Misa en serio.

> *La Mamaé y Amelia se sientan. Comienzan a comer.*

ABUELA

Tendría que llevarte cargada mi marido, Mamaé. Con tu sillita, te demorarías horas en llegar a la Iglesia de Fátima. (*Al Abuelo.*) ¿Te acuerdas, Pedro, cómo nos hacías pasar el río cargadas, cuando íbamos a visitarte a Camaná? ¡Qué gritos dábamos!

> *El Abuelo asiente, desganado.*

AMELIA

¿Qué te pasa, papá? Hoy no has abierto la boca.

ABUELA

Te hablo y mueves la cabeza, como un cabezudo de Feria. Me haces sentirme una tonta. ¿Te sientes mal?

ABUELO

No, ñatita, no me pasa nada. Estoy bien. Es que, estaba terminando este... aparato, antes de que se enfríe.

AMELIA

La sopa, papá.

ABUELA

Qué manía ésa de llamarle a todo el aparato... Si te olvidas, pregunta. ¿No estás viendo que es una sopa?

MAMAÉ

Una porquería es lo que es.

ABUELO (*Haciendo un esfuerzo por hablar*)

No, está rica. Le falta un poco de sal, quizá.

BELISARIO (*Levantando la cabeza de sus papeles*)

Todo le parecía rico, a todo le llamaba el aparato, a todo le faltaba sal. Un hombre que no se quejó nunca de nada, salvo de no encontrar trabajo, a la vejez. La Abuela, en medio siglo de casados, no le oyó levantar la voz. Así que esa paliza a la india de Camaná parecía tan inconcebible, Mamaé. La sal fue una manía de los últimos años. Le echaba sal al café con leche, al postre. Todo le parecía:

ABUELO
¡Estupendo! ¡Estupendo!

> *Belisario vuelve a ponerse a es-
> cribir.*

ABUELA
Yo sé lo que te pasa, Pedro. Antes salías a dar
tus caminatas, a ver si el mundo seguía existiendo. Y
tus hijos te prohibieron el único entretenimiento que
te quedaba.

AMELIA
Lo dices como si lo hubiéramos hecho para tor-
turarlo, mamá.

ABUELO
¿Acaso estoy quejándome de algo?

ABUELA
Preferiría que te quejaras.

ABUELO
Bueno, para tenerte contenta voy a pasarme el
día renegando. No sé de qué, ñatita.

ABUELA

No te estoy riñendo, marido. ¿Crees que no me da pena tenerte enclaustrado? Mira, después del almuerzo nos iremos a dar una vuelta a la manzana. Ojalá no me lo hagan pagar caro mis várices, nomás.

> *Amelia se pone de pie y recoge los platos.*

AMELIA

No has tomado la sopa, Mamaé.

MAMAÉ

¿Sopa? Receta para perros con mal de rabia, dirás.

AMELIA (*Saliendo*)

Si supieras que, con lo que dan mis hermanos para el gasto, es un milagro que les presente a diario un almuerzo y una comida.

ABUELA

Ir a la Iglesia... De veras, Mamaé, qué consuelo era. Un día a la de Fátima, otro a la de los Carmelitas. ¿Te acuerdas que una vez fuimos andando hasta la Parroquia de Miraflores? Teníamos que pararnos en cada esquina porque se nos salía el corazón.

MAMAÉ

Cuesta acostumbrarse a que los mandingos canten y bailen en plena Misa, como en una fiesta. ¡Qué herejes!

AMELIA (*Entrando, con el segundo plato de comida. Sirve a los Abuelos y a la Mamaé y se sienta*)

¿Los mandingos? ¿En la Parroquia de Miraflores?

MAMAÉ

En la Parroquia de La Mar.

AMELIA

Miraflores, Mamaé.

ABUELA

Está hablando de Tacna, hijita. Antes de que tú nacieras. La Mar. Una barriada de negros y cholos, en las afueras. Yo pinté unas acuarelas de La Mar, cuando era alumna del maestro Modesto Molina...

AMELIA

¿Y la Mamaé iba a oír Misa a una barriada de negros y cholos?

ABUELA

Fuimos varios domingos. Había una capillita de
tablones y esteras. Después que la Mamaé dejó plantado a su novio, se le metió que iba a oír Misa en La
Mar o que no oía Misa. Y era terca como una mula.

MAMAÉ (*Sigue con su pensamiento*)

El Padre Venancio dice que no es pecado que
canten y bailen en la Misa. Que Dios los perdona
porque no saben lo que hacen. Es un curita de esos
modernistas...

ABUELA

Era un gran entretenimiento ¿no, Mamaé? Las
misas, las novenas, los viacrucis de Semana Santa,
las procesiones. Siempre había algo que hacer, gra-
cias a la religión. Una estaba más al día con la vida.
No es lo mismo rezar entre cuatro paredes, tienes
mucha razón. Era distinto cumplir con Dios rodeada
de la demás gente. Estas várices... (*Mira al Abuelo.*)
A ti te ha pasado lo contrario que a esos jóvenes tan
machitos que posan de ateos y, a la vejez, se vuelven
beatos.

AMELIA

Cierto, papá. Nunca faltabas a Misa, jamás co-
mías carne los viernes y comulgabas varias veces al
año. ¿Por qué cambiaste?

ABUELO

No sé de qué hablas, hijita.

ABUELA

Claro que has cambiado. Dejaste de ir a la Iglesia. Y al final sólo ibas por acompañarnos a la Mamaé y a mí, ni te arrodillabas en la Elevación. Y aquí, cuando oímos Misa por la radio, ni siquiera te persignas. ¿Ya no crees en Dios?

ABUELO

Mira, no lo sé. Es curioso... No pienso en eso, no me importa.

ABUELA

¿No te importa si Dios existe? ¿No te importa que haya o no otra vida?

ABUELO (*Tratando de bromear*)

Será que con los años he perdido la curiosidad.

ABUELA

Qué tonterías dices, Pedro. Qué consuelo sería el nuestro si no existiera Dios y si no hubiera otra vida.

ABUELO

Bueno, entonces Dios existe y hay otra vida. No vamos a discutir por tan poca cosa.

Mamaé

Pero es el mejor confesor que conozco. (*A la
Abuela, que la mira sorprendida.*) ¡El Padre Venancio! Qué facilidad de palabra, a una la envuelve, la
hipnotiza. Padre Venancio, por culpa de esa india de
Camaná y de esa maldita carta, he cometido pecado
mortal.

> *Se lleva la mano a la boca,
> asustada de lo que ha dicho, y
> mira a los Abuelos y a Amelia.
> Pero ellos están concentrados en sus
> platos, como si no la hubieran oído.
> En cambio, Belisario ha dejado de
> escribir, ha alzado la cabeza y tiene
> una expresión profundamente intri-
> gada.*

Belisario

Es seguro que la Señorita nunca tuvo la más
mínima duda sobre la existencia de Dios, ni sobre la
verdadera religión: la católica, apostólica y romana.
Es seguro que cumplía con la Iglesia de esa manera
inevitable y simple con que los astros se mueven por
el Universo: ir a misa, comulgar, rezar, confesarse.

> *La Mamaé, que ha venido an-
> dando con gran esfuerzo, se arrodi-*

lla ante Belisario como en un con-
fesionario.

MAMAÉ

Perdonadme, Padre Venancio, porque he pecado.

BELISARIO (*Dándole la bendi-*
ción)

¿Cuándo fue la última vez que te confesaste,
hija?

MAMAÉ

Hace quince días, Padre.

BELISARIO

¿Has ofendido a Dios en estas dos semanas?

MAMAÉ

Me acuso de haberme dejado dominar por la
cólera, Padre.

BELISARIO

¿Cuántas veces?

MAMAÉ

Dos veces. La primera, el martes pasado. Amelia estaba limpiando el baño. Se demoraba y yo tenía

deseos de hacer una necesidad. Me dio vergüenza pedirle que saliera. Ahí estaban Carmen y Pedro y se hubieran dado cuenta que iba al excusado. Así que disimulaba: "Apúrate un poco con el baño, Amelia". Y ella tomándose todo su tiempo. Me sentía ya mal, con retortijones y sudaba frío. Así que, mentalmente, la insulté: "¡Estúpida!" "¡Floja!" "¡Maldita!" "¡Amargada!"

BELISARIO
¿Y la segunda vez, hija?

MAMAÉ
Esa pata de Judas me derramó mi frasco de Agua de Colonia. Me lo habían regalado. La familia no está en buena situación, Padre, así que era un gran regalo. Yo dependo de lo que me dan los sobrinos, en Navidad y en mi cumpleaños. Estaba feliz con esa Colonia. Olía rico. La pata de Judas abrió el frasco y lo vació en el lavador. Porque no quise contarle un cuento, Padre Venancio.

BELISARIO
¿La pata de Judas era yo, Mamaé?

MAMAÉ
Sí, Padre.

BELISARIO

¿Me jalaste las orejas? ¿Me diste unos azotes?

MAMAÉ

Yo no le pego nunca. ¿Acaso es mi nieto? Sólo soy una tía, la quinta rueda del coche... Al ver el frasco vacío me dio tanta cólera que me encerré en el baño, y ahí, frente al espejo, dije palabrotas, Padre.

BELISARIO

¿Qué palabrotas, hija?

MAMAÉ

Me da vergüenza, Padre Venancio.

BELISARIO

Aunque te dé. No seas orgullosa.

MAMAÉ

Trataré, Padre. (*Haciendo un gran esfuerzo.*) ¡Maldita sea mi estampa, carajo! ¡Mierda! ¡Mierda! ¡Mocoso de mierda!

BELISARIO

¿Qué otros pecados, hija?

MAMAÉ

Me acuso de haber mentido tres veces, Padre.

BELISARIO
¿Mentiras graves?

MAMAÉ
Más o menos, Padre.

ABUELA (*Desde la mesa*)
¿Qué dices, Elvira?

MAMAÉ
Que se ha acabado el azúcar. (*A Belisario.*) Había un paquete entero, pero yo lo escondí. Para que Carmen me diera plata. Y entonces dije la segunda.

ABUELA
¿Y por qué vas a ir tú a comprar el azúcar? Deja que vaya Amelia.

MAMAÉ
Iré yo, nomás. Quiero hacer un poco de ejercicio. (*A Belisario.*) No era verdad, me cuesta muchísimo andar. Me duelen las rodillas y no guardo bien el equilibrio.

BELISARIO
¿Y para qué esas mentiras, hija?

Mamaé

Para comprarme un chocolate. Estaba antojada hacía días. Se me hacía agua la boca al oír en la radio la propaganda del Sublime.

Belisario

¿Y no era más fácil que le pidieras al Abuelo cinco soles?

Mamaé

Está en muy mala situación, Padre. Vive de sus hijos y ellos pasan apuros. El pobre hace durar semanas sus hojitas de afeitar, sacándoles filo no sé cuánto rato cada mañana. Siglos que nadie se compra ropa en la casa. Heredamos lo que ya no se ponen los sobrinos. ¿Cómo le voy a pedir plata para chocolates? Así que fui a la bodega, compré un Sublime y me lo comí en la calle. Al regresar, puse en el repostero el paquete de azúcar que tenía escondido. Ésa fue la tercera mentira, Padre.

Belisario

Eres una persona demasiado orgullosa, hija.

Mamaé

Eso no es malo. No es pecado ser orgullosa.

En el curso del diálogo han ido cambiando de posición, hasta

*adoptar la acostumbrada cuando
la Mamaé cuenta los cuentos al
niño.*

BELISARIO

Yo creo que sí es, Mamaé. El Hermano Leoncio dijo el otro día en la clase de catecismo que el orgullo fue el primer pecado, el de Luzbel.

MAMAÉ

Bueno, quizá lo sea. Pero a la señorita de Tacna el orgullo le permitía vivir ¿ves? Soportar las decepciones, la soledad, la privación de tantas cosas. Sin orgullo, habría sufrido mucho. Además, era lo único que tenía.

BELISARIO

No entiendo por qué le alabas tanto el orgullo. Si ella quería a su novio, y él le pidió perdón por haberla engañado con la mujer mala, ¿no era mejor que lo perdonara y se casara con él? ¿De qué le sirvió tanto orgullo? Se quedó solterona ¿no es cierto?

MAMAÉ

Eres muy chico y no puedes entender. El orgullo es lo más importante que tiene una persona. La defiende contra todo. El hombre o la mujer que pierde eso, se convierte en un trapo que cualquiera pisotea.

101

BELISARIO

Pero eso ya no es un cuento sino un sermón, Mamaé. En los cuentos deben pasar cosas. Siempre me dejas en ayunas sobre los detalles. Por ejemplo, ¿tenía malos tocamientos la señorita de Tacna?

MAMAÉ (*Asustada, poniéndose de pie*)

No, claro que no. (*Más asustada.*) ¿Malos... qué has dicho? (*Horrorizada.*) ¿Malos qué, malos qué cosa?

BELISARIO (*Avergonzado*)

He dicho malos pensamientos, Mamaé. ¿No tenía a veces malos pensamientos la señorita de Tacna?

MAMAÉ (*Compadecida, deslizándose dificultosamente hacia su sillón*)

Tú eres el que tiene la cabeza llena de malos pensamientos, chiquitín.

Se sienta en su sillón y se acurruca. Los Abuelos y Amelia, ajenos, siguen comiendo.

BELISARIO (*Que se ha vuelto a poner a escribir. Habla, mientras garabatea sus papeles*)

Sí, Mamaé, es verdad. No puedo dejar de pensar que, bajo esa apariencia espiritual, detrás de esa mirada serena, había también en la señorita una madeja de ríos de sangre tibia, instintos que, de pronto, alzaban la cabeza y exigían. ¿O esa austera rutina que era su vida exterior, era, de verdad, toda su vida? (*Deja de escribir. Se vuelve a mirar a la Mamaé. Se dirige a ella, con cierto patetismo.*) De chico, me figuraba que habías sido siempre una viejecita arrugada. Y ahora, que trato de imaginar tu juventud, no puedo: la viejecita ahuyenta siempre a esa joven que también fuiste. A pesar de tantos cuentos, sigo en la luna sobre la señorita. ¿Qué le pasó luego de quemar su vestido de novia y dejar plantado al oficial chileno?

> Con las últimas frases de Belisario, la Abuela se ha levantado de la mesa y se acerca a la Mamaé. El Abuelo y Amelia continúan comiendo, ignorantes de lo que sigue. El Abuelo, a veces, echa sal a su plato con una especie de furia.

ABUELA

¿Por qué no has hecho tus maletas, Elvirita? Belisario quiere partir al alba, para llegar al muelle de Arica antes del sol fuerte. No nos vaya a dar una insolación, sobre todo a ti que tienes la piel tan blanca. (*Pausa.*) ¿Sabes que, en el fondo me alegro de partir? Cuando murió mi madre, después de esa terrible agonía, fue como si también Tacna se hubiera empezado a morir. Y ahora, con la muerte de mi padre, esta ciudad se me hace hasta antipática. Vamos a hacer tus maletas, yo te ayudo.

MAMAÉ

No voy a ir a Arequipa con ustedes, Carmencita.

ABUELA

¿Y dónde te vas a quedar? ¿Con quién te vas a quedar en Tacna?

MAMAÉ

No voy a ser una carga para ti en la vida.

ABUELA

No digas tonterías, Elvira. Sabes que mi marido está feliz de que vengas con nosotros. ¿Acaso no somos como hermanas? Serás la hermana de Pedro, también. Vamos a hacer tus maletas.

Mamaé

Desde tu boda, me he pasado todas las noches esperando este momento. Desvelada, pensando, hasta que oía la corneta del cuartel de los chilenos. No puedo vivir con ustedes. Pedro se ha casado contigo y no contigo más tu prima Elvira.

Abuela

Te vienes a vivir con nosotros y se acabó. Es un tema agotado.

Mamaé

A la larga sería un estorbo. Una fuente de problemas. Por mi culpa habría disputas entre ustedes. Algún día Pedro te echaría en cara que le hubieras impuesto cargar con una intrusa toda la vida.

Abuela

Por lo pronto, no será toda la vida, porque mañana te olvidarás de lo ocurrido con Joaquín, te enamorarás y te casarás. Por favor, Elvira, hay que levantarse de madrugada. Tenemos un viaje tan largo.

Belisario (*Encantado con el hallazgo, salta en el asiento*)

Largo, pesadísimo, complicadísimo. En tren de Tacna a Arica. Tomar el barco en Arica y pasar dos días navegando, hasta Mollendo. El desembarco allí era cosa de circo ¿no, abuela? Las bajaban a las señoras del barco a la lancha en canastas, como a las vacas ¿no, Mamaé? Y, después, la cabalgata de tres días hasta Arequipa, por sierras donde había el peligro de ser asaltadas por los bandoleros. (*Se pone a escribir, entusiasmado.*) Ah, Belisario, y eso es lo que tú criticabas tanto en los escritores regionalistas: el color local y la truculencia.

ABUELA

¿Te dan miedo los bandoleros, Elvira? A mí me dan, pero al mismo tiempo me encantan. En esas cosas debías pensar y no en tonterías.

MAMAÉ

No son tonterías, ñatita.

ABUELA

Sabes muy bien que no te puedes quedar en Tacna. Aquí no tenemos ya nada. Ni siquiera esta casa, que vendrán a ocupar mañana los nuevos dueños.

MAMAÉ

Me quedaré donde la María Murga.

ABUELA
¿La que fue tu niñera? ¡Qué cosas dices!

MAMAÉ
Es una mujer de buen corazón. Me ha ofrecido
un cuarto en su casa, en La Mar. Lo compartiré con
su hijito menor, mi ahijado. Ayudaré con los gastos.
¿Acaso no sé bordar? Haré manteles, velos, manti-
llas de encaje. Y también dulces. Los llevaré a la
Pastelería Máspoli; el italiano los venderá y me dará
una comisión.

ABUELA
Como en una novelita de Xavier de Montepin...
Ya te veo viviendo en un arrabal de Tacna, en medio de los cholos y de los negros. Tú, que a todo le
haces ascos; tú, la niñita respingada, como te decía
mi papá.

MAMAÉ
Seré respingada, pero nunca me he sentido rica.
Aprenderé a vivir como los pobres, ya que yo también soy pobre. La casita de la María Murga es limpia.

ABUELA
¿No se te ha aflojado un tornillo? Quedarte a
vivir en La Mar. ¿Qué te ha dado por La Mar? Pri-

mero, oír Misa ahí; luego, ver las puestas del sol en esa barriada. Y ahora que vas a vivir ahí, con la María Murga. ¿Te ha hecho brujería algún mandingo de La Mar? Bueno, se está haciendo tardísimo, y ya me cansé de discutir. Haré yo tus maletas y, si es necesario, Pedro te subirá mañana al ferrocarril de Arica a la fuerza.

La Abuela regresa al comedor.
Se sienta y reanuda su comida.

Mamaé
¿Cuál es la diferencia en que siga aquí o me vaya donde la María Murga? ¿No es éste un cuchitril tan miserable como una choza de La Mar? (*Pausa.*) Bueno, allá la gente va a pata pelada y nosotros usamos zapatos. Allá todos tienen piojos en la cabeza, como dice el tío Menelao, y nosotros (*Se lleva la mano a la cabeza.*)... Quién sabe, a lo mejor por eso me pica...

El Abuelo se pone de pie y avanza hacia la Mamaé. La Abuela y Amelia siguen comiendo.

Abuelo
Buenas tardes, Elvira. La estaba buscando. Quisiera hablar unas palabras con usted.

108

MAMAÉ (*Lo observa un momento. Luego, habla al
cielo*)

Es difícil entenderte, Dios mío. Parece que pre-
firieras a los locos y a los pícaros en vez de los hombres buenos. ¿Por qué, si Pedro fue siempre tan
justo, tan honrado, le diste tan mala vida?

*Belisario se levanta de su mesa
de trabajo y avanza hacia la Mamaé.*

BELISARIO

¿No era pecado que la señorita le reprochara cosas a Dios, Mamaé? Él sabe lo que hace y si hizo su-
frir tanto al caballero por algo sería. Tal vez, para
premiarlo mejor en el cielo.

ABUELO

Usted es como hermana de Carmen y yo la con-
sidero también mi hermana. No será nunca una fo-
rastera en mi casa. Le advierto que no partiremos de
Tacna sin usted.

MAMAÉ

Tal vez, chiquitín. Pero la señorita no podía en-
tenderlo. Y se quemaba el cerebro, pensando: ¿Fue
por la india de la carta, Dios santo, que hiciste pade-

109

cer tanto al caballero? ¿Por ese pecadito hiciste que la helada quemara el algodón de Camaná el año en que se iba a hacer rico?

> BELISARIO (*Colocándose a los pies de la Mamaé, en la postura en que escucha los cuentos*)

¿El caballero había cometido un pecado? Eso nunca me lo contaste, Mamaé.

ABUELO

Le estoy agradecido porque sé que ha ayudado mucho a Carmen, como amiga y consejera. Vivirá siempre con nosotros. ¿Sabe que he dejado el empleo que tenía en la Casa Gibson? Entré allá a los quince años, al morir mi padre. Yo hubiera querido ser abogado, como él, pero no fue posible. Ahora voy a administrar la hacienda de los señores Saíd, en Camaná. Vamos a sembrar algodón. En unos cuantos años tal vez pueda independizarme, comprar una tierrita. Carmen tendrá que pasar largas temporadas en Arequipa. Usted la acompañará. ¿Ya ve que no será una carga sino una ayuda en la casa?

MAMAÉ

Fue un solo pecado, en una vida noble y limpia. Uno solo, es decir nada. Y no por culpa del caballero, sino de una perversa que lo indujo a actuar mal. La señorita no podía entender esa injusticia. (*Habla al cielo*.) ¿Fue por la india de la carta que hiciste que las plagas destruyeran también el algodón de Santa Cruz? ¿Por eso hiciste que aceptara esa Prefectura de la que salió más pobre de lo que entró?

BELISARIO

Pero, Mamaé, ya sé que a la señorita le daba pena que él estuviera siempre de malas. Qué me importa ahora la señorita. Cuéntame el pecado del caballero.

ABUELO

La casa que he alquilado en Arequipa le gustará. Está en un barrio nuevo, El Vallecito, junto al río Chilina. Se oye pasar el agua, cantando entre las piedras. Y el cuarto suyo tiene vista sobre los tres volcanes.

MAMAÉ (*Siempre al cielo*)

¿Por la india hiciste que, al salir de la Prefectura, ya no consiguiera trabajo nunca más?

BELISARIO

Me voy a enojar contigo, Mamaé. Voy a vomitar todo el almuerzo, la comida y el desayuno de mañana. ¡Que se muera la señorita de Tacna! ¡Cuén-

tame del caballero! ¿Robó algo? ¿La mató a esa
india?

ABUELO

Es grande, de cinco dormitorios, con una huerta
donde plantaremos árboles. Ya están amueblados el
cuarto nuestro y el de usted. Los otros, para la familia que vendrá —si Dios quiere—, los iremos amue-
blando con ayuda de la Providencia y del algodón
de Camaná. Estoy optimista con el nuevo trabajo,
Elvira. Las pruebas que hemos hecho son óptimas:
el algodón se aclimata. Con empeño y un poco de
suerte, saldré adelante.

MAMAÉ

No mató ni robó a nadie. Se dejó engatuzar por
un diablo con faldas. No fue algo tan grave como
para que Dios lo tuviera mendigando un puesto que
nadie le daba. Para que lo hiciera vivir de la caridad
cuando todavía era lúcido y fuerte. (*Ha comenzado
hablándole a Belisario pero se ha distraído y ahora está
hablándose a sí misma.*) Para que lo hiciera sentirse
un inútil y vivir tan angustiado que un día le estalló
la cabeza y se olvidó de donde estaba su casa...

> *Belisario se pone de pie y retorna
> a su mesa de trabajo, junto al pros-
> cenio.*

BELISARIO (*Escribiendo muy de prisa*)

Te voy a decir una cosa, Mamaé. La señorita de Tacna estaba enamorada de ese señor. Está clarísimo, aunque ella no lo supiera y aunque no se dijera en tus cuentos. Pero en mi historia sí se va a decir.

ABUELO

Se lo ruego, Elvira. Venga a vivir con nosotros. Para siempre. O, mejor dicho, por el tiempo que quiera. Yo sé que no será para siempre. Es usted joven, atractiva, los mozos de Arequipa se volverán locos por usted y alguno de ellos, un día, le gustará y se casarán.

MAMAÉ (*Levantándose*)

En eso está equivocado, Pedro. No me casaré nunca. Pero lo que ha dicho me ha conmovido. Se lo agradezco de todo corazón.

La Abuela, que se ha levantado de la mesa, se acerca a ellos.

ABUELA

Listo, Elvirita, ya están tus maletas. Sólo falta el bolsón de viaje. Tienes que hacerlo tú misma, con lo que quieras llevar a la mano. El baúl irá con el resto

113

del equipaje. Ah, y por favor, a partir de ahora se tu-
tean. Qué es eso de seguir usteándose. ¿Dónde se ha
visto, entre hermanos?

Hace que se abracen. Los Abue-
los llevan a la Mamaé hacia la
mesa, donde retorna cada uno a su
sitio. Reanudan la comida.

Belisario, que durante el
diálogo de la Mamaé y los Abue-
los ha estado escribiendo muy ani-
mado, de pronto interrumpe su tra-
bajo, con una expresión de desa-
liento.

BELISARIO

¿Es ésta una historia de amor? ¿No ibas a escribir una historia de amor? (*Se golpea la cabeza.*) Siempre lo estropeas todo, lo desvías todo, Belisario. Al
final, te morirás sin haber escrito lo que realmente
querías escribir. Mira, puede ser una definición
(*Anotando*): escritor es aquel que escribe, no lo que
quiere escribir —ése es el hombre normal— sino lo
que sus demonios quieren. (*Mira a los viejecitos, que*
siguen comiendo.) ¿Son ustedes mis demonios? Les
debo todo y ahora que ya estoy viejo y ustedes están
muertos, todavía me siguen ayudando, salvando, todavía les sigo debiendo más y más. (*Coge sus papeles,*

114

se levanta, impaciente, exasperado, va hacia el comedor donde la familia sigue comiendo impasible.) Ayúdenme de verdad, entonces: ábranme los ojos, ilumínenme, aclárenme las cosas. ¿Quién era esa india perversa que se metía de repente en los cuentos del caballero y de la señorita de Tacna? Alguien, algo que debía tocar un centro neurálgico de la historia familiar ¿no, Mamaé? Te obsesionaba ¿no es verdad? Había recibido una paliza, se la nombraba en una carta, se te confundía con la señora Carlota por el odio idéntico que les tenías a las dos. (*Da vueltas en torno a la mesa, gritando.*) ¿Qué pasó? ¿Qué pasó? ¡Necesito saber qué pasó! Sí, ustedes tres se llevaban maravillosamente. ¿Fue así los cuarenta o cincuenta años de vida en común? Nunca cogió el caballero la mano, a escondidas, a la señorita? ¿Nunca la enamoró, la besó? ¿Nunca pasaron entre ellos esas cosas que pasan? ¿O ustedes dominaban los instintos a fuerza de convicción moral y pulverizaban las tentaciones con la voluntad? (*Está regresando a su mesa de trabajo, abatido.*) Esas cosas sólo pasan en los cuentos, Mamaé.

> *Mientras Belisario monologa, tocan la puerta. Entran César y Agustín, que besan a los Abuelos y a la Mamaé.*

AGUSTÍN
¿Cómo te sientes, papá?

ABUELO
Bien, hijo, muy bien.

ABUELA
No es verdad, Agustín. No sé qué le pasa a tu padre, pero anda cada día más abatido. Da vueltas por la casa como un fantasma.

AGUSTÍN
Te voy a dar una noticia que te va a levantar el ánimo. Me llamaron de la Policía. Figúrate que han pescado al ladrón.

ABUELO (*Sin saber de qué se trata*)
¿Ah, sí? Qué bien, qué bien.

AMELIA
El que te asaltó al bajar del tranvía, papá.

AGUSTÍN
Y lo mejor es que encontraron tu reloj, entre las cosas robadas que tenía el tipo en una covacha, por Surquillo.

ABUELO

Vaya, es una buena noticia. (*Dudando, a la Abuela*) ¿Se habían robado un reloj?

CÉSAR

Lo descubrieron por la fecha, grabada en la parte de atrás: Piura, octubre de 1946.

> *Se van apagando sus voces, que permanecen, sin embargo, como un lejano murmullo. Belisario deja de escribir y queda jugando con el lápiz entre los dedos, pensativo:*

BELISARIO

Piura, octubre de 1946... Ahí están los Vocales de la Corte Superior, regalándole el reloj; ahí está el Abuelo agradeciendo el regalo, a los postres del banquete en el Club Grau. Y ahí está el pequeño Belisario, orondo como un pavo real, por ser el nieto del Prefecto. (*Se vuelve a mirar a la familia.*) ¿Fue ésa la última época buena, abuelos, mamá, tíos, Mamaé? Después, la lluvia de calamidades: falta de trabajo, de dinero, de salud, de lucidez. Pero en Piura ustedes se acordaban con nostalgia de Bolivia: allí la vida había sido mucho mejor... Y en Bolivia recordaban Arequipa: allí la vida había sido mucho mejor... (*En la mesa, los Abuelos siguen charlando con los hijos.*) ¿Fue en Arequipa la época de oro, cuando el Abuelo iba y venía a Camaná?

ABUELO (*Joven, risueño, optimista*)

Esta vez sí. Vamos a cosechar los frutos de diez años de paciencia. El algodón ha prendido maravillosamente. Los rozos están cargados como nunca nos atrevimos a soñar. Los señores Saíd estuvieron en Camaná la semana pasada. Trajeron a un técnico de Lima, lleno de títulos. Se quedó asombrado al ver los rozos. No podía creerlo, ñatita.

ABUELA

La verdad es que te lo mereces, Pedro. Después de tanto sacrificio, enterrado en esas soledades.

ABUELO

El técnico dijo que, si no nos falla el agua —y no hay razón para que falle pues el río está más lleno que nunca— este año tendremos una cosecha mejor que las mejores haciendas de Ica.

AGUSTÍN

¿Y entonces me comprarás ese mandil y esos aparatos de médico, papá? Porque he cambiado de idea. Ya no quiero ser un gran abogado, como mi abuelo. Seré un gran médico.

El Abuelo asiente.

CÉSAR

¿Y a mí me comprarás el traje de explorador, papá?

El Abuelo asiente.

AMELIA (*Sentándose en las rodillas del Abuelo*)

¿Y a mí la muñeca de chocolate que hay en la vitrina de la Ibérica, papacito?

ABUELO

Para la cosecha, ya la habrán vendido, sonsa. Pero te mandaré hacer una muñeca especial, la más grande de Arequipa. (*Señalando a la Abuela.*) ¿Y a esta ñata buenamoza qué le vamos a regalar si la cosecha es como esperamos?

MAMAÉ
¿No se te ocurre? ¡Sombreros! ¡Muchos sombreros! Grandes, de colores, con cintas, con gasas, con pájaros, con flores.

> *Todos ríen. Belisario, que se ha puesto a escribir, ríe también, mientras sigue escribiendo.*

AMELIA
¿Por qué te gustan tanto los sombreros, mamá?

ABUELA
Es la moda en Argentina, hijita. ¿Para qué crees que estoy suscrita a *Para Ti* y *Leoplán*? Con mis sombreros, estoy trayendo la civilización a Arequipa. Tú también usarás sombreros, para verte más linda.

MAMAÉ
A ver si así conquistas a un abogado. (*Al Abuelo*) Tendrás que contentarte con un yerno leguleyo, en vista de que tus hijos no parecen entusiasmados con el foro.

AGUSTÍN
¿Y a la Mamaé qué le vas a regalar si la cosecha es buena, papá?

ABUELO

¿Qué es eso de la Mamaé? ¿A Elvira le dicen Mamaé? ¿Y por qué?

AMELIA

Yo te digo, papacito. Mamá-Elvira, Mamá-é, la E es por Elvira ¿ves? Yo lo inventé.

CÉSAR

Mentira, a mí se me ocurrió.

AGUSTÍN

Yo fui, tramposos. ¿No es cierto que fui yo, Mamaé?

ABUELA

Díganle Mamá o Elvira, pero Mamaé es feísimo.

AMELIA

Pero Mamá ya eres tú, ¿cómo vamos a tener dos Mamás?

AGUSTÍN

Ella es una Mamá sin serlo. (*Se dirige a la Mamaé*) ¿Y a ti qué quieres que te regale el papá con la cosecha de algodón, Mamaé?

121

9

Mamaé
Un cacho quemado.

César
Anda, Mamaé, en serio, ¿qué te gustaría?

Mamaé (*Viejita de nuevo*)
Damascos de Locumba y una copita del mosto que destilan los mandingos.

> *Los hermanos, adultos otra vez,*
> *se miran intrigados.*

Agustín
¿Damascos de Locumba? ¿El mosto de los mandingos? ¿De qué hablas, Mamaé?

César
Algo que habrá oído en los radioteatros de Pedro Camacho.

Abuela
Cosas de su infancia, como siempre. Había unas huertas en Locumba, cuando éramos chicas, de donde llevaban a Tacna canastas de damascos. Grandes, dulces, jugosos. Y un vino moscatel, que mi padre nos daba a probar con una cucharita. Los mandingos eran los negros de las haciendas. La Ma-

maé dice que cuando ella nació todavía había esclavos. Pero ya no había ¿no es cierto?

CÉSAR

Siempre con tus fantasías, Mamaé. Como cuando nos contabas cuentos. Ahora los vives en tu cabeza ¿no, viejita?

AMELIA (*Con amargura*)

Vaya, es verdad. A lo mejor tú tienes la culpa de lo que le pasa a mi hijo. Tanto hacerle aprender poesías de memoria, Mamaé.

BELISARIO (*Soltando el lápiz, alzando la cabeza*)

No, no es verdad, mamá. Era el abuelo, más bien, el de las poesías. La Mamaé me hizo aprender una sola. ¿Te acuerdas que la recitábamos juntos, un verso cada uno, Mamaé? Ese soneto que le había escrito a la señorita un poeta melenudo, en un abanico de nácar... (*Se dirige a Agustín.*) Tengo que contarte algo, tío Agustín. Pero prométeme que me guardarás el secreto. Ni una palabra a nadie. Sobre todo a mi mamá, tío.

AGUSTÍN

Claro, sobrino, no te preocupes. Si me lo pides, no diré una palabra. ¿Qué te pasa?

BELISARIO

No quiero ser abogado, tío. Odio los códigos, los reglamentos, las leyes, todo lo que hay que aprender en la Facultad. Los memorizo para los exámenes y al instante se hacen humo. Te juro. Tampoco podría ser diplomático, tío. Lo siento, ya sé que para mi mamá, para ti, para los abuelos será una desilusión. Pero qué voy a hacer, tío, no he nacido para eso. Sino para otra cosa. No se lo he dicho a nadie todavía.

AGUSTÍN

¿Y para qué crees que has nacido, Belisario?

BELISARIO

Para ser poeta, tío.

AGUSTÍN (*Se ríe*)

No me río de ti, sobrino, no te enojes. Sino de mí. Creí que me ibas a decir que eras maricón. O que te querías meter de cura. Poeta es menos grave, después de todo. (*Regresa hacia el comedor y se dirige a Amelia.*) O sea que no sigas soñando, Belisario no nos sacará de pobres. Haz lo que te he aconsejado, más bien: pon a trabajar al muchacho de una vez.

Belisario ha regresado al escritorio y desde allí los escucha.

AMELIA

En otras circunstancias, no me importaría que fuera lo que quisiera. Pero se va a morir de hambre, Agustín, como nosotros. Peor que nosotros. ¡Poeta! ¿Acaso es una profesión eso? ¡Tenía tantas esperanzas en él! Su padre se volvería a pegar un tiro, si supiera que su único hijo le salió poeta.

Belisario, regocijado, se ríe y hace con la mano como si se pegara un tiro.

MAMAÉ

¿Te refieres al poeta Federico Barreto? Que no te oiga el tío Menelao. Desde que me escribió ese verso, no quiere ni que se lo nombre en esta casa.

La Mamaé les sonríe a todos, como a desconocidos, haciéndoles venias cortesanas. Belisario, abandonando su mesa de trabajo, se ha puesto las manos en la frente como si fueran dos cuernos y comienza a

dar topetazos a los objetos del
cuarto y también a los Abuelos, a
su Madre y a sus Tíos.

ABUELA
¿Por qué te asombra que quiera ser poeta? Ha salido a su bisabuelo. El papá de Pedro escribía versos. Y Belisario fue muy fantasioso, desde que era así. ¿No se acuerdan en Bolivia, cuando la cabrita?

BELISARIO
¡Es el demonio, Abuelita! ¡Te lo juro que es! Está en las estampas, en el Catecismo y el Hermano Leoncio ha dicho que se encarna en un macho cabrío negro! (*Jurando, besándose los dedos en forma de cruz.*) ¡Por Dios, Abuelita!

AMELIA
Pero ésta es sólo una cabrita y no un macho cabrío, hijito.

ABUELA
Y es un regalo de tu abuelito, por las Fiestas Patrias. ¿Se te ocurre que tu abuelo nos iba a mandar de regalo al diablo?

BELISARIO (*Lloriqueando*)
¡Es Belcebú, abuelita! ¡Créeme que es! ¡Por
Dios que es! Le he hecho la prueba del agua ben-
dita. Se la eché encima y se espantó, palabra.

AGUSTÍN
A lo mejor esa agua no estaba bien bendita, sobrino.

> *Belisario se va lloriqueando ha-
> cia el sillón de la Mamaé.*

MAMAÉ
No se burlen de él, pobrecito. Yo te hago caso,
chiquitín, ven para acá. (*Se pone a acariciar, a conso-
lar a un niño invisible.*)

BELISARIO (*Acariciando a una
Mamaé invisible*)
Si supieras que todavía, en ciertas pesadillas,
vuelvo a ver a la cabrita de Bolivia, Mamaé. Qué
grande parecía. Qué miedo le tenías, Belisario. Un
macho cabrío, el diablo encarnado. ¿Eso es lo que tú
llamas una historia de amor?

AMELIA
¿Qué pasa que estás tan callado, papá? ¿Te
sientes mal? ¡Papá, papá!

127

ABUELO (*Cogiéndose la cabeza*)

Un mareo, hijita. En el aparato, otra vez en el aparato...

La Abuela y los tres hermanos, muy alarmados, se afanan en torno al Abuelo, quien está semi desvanecido.

CÉSAR

¡Hay que llamar un médico! ¡Pronto!

AGUSTÍN

Espera. Llevémoslo antes al dormitorio.

Entre exclamaciones de angustia, los cuatro se llevan al Abuelo al interior de la casa. La Mamaé ha permanecido inmóvil, observando.

MAMAÉ (*Mirando al cielo*)

¿Fue por lo de la india? ¿Por ese pecadillo de juventud?

Se pone de pie, con gran dificultad. Coge la sillita de madera que le sirve de bastón y, aferrada al espaldar, comienza la —lenta, di-

fícil— trayectoria hacia su sillón.
Belisario, muy serio y decidido,
está esperándola a los pies del si-
llón, en la postura en que escucha
los cuentos.

BELISARIO

A estas alturas, tengo que saberlo, Mamaé. ¿Cuál fue el pecadillo ése?

MAMAÉ (*Mientras se desliza pe-*
nosamente hacia su si-
llón)

Algo terrible que le pasó a la señorita, chiquitín. Sólo una vez en toda su vida. Por la carta ésa. Por la mujer mala ésa. (*Hace un alto para tomar fuerzas.*) ¡Pobre señorita! ¡La hicieron pecar con el pensamiento!

BELISARIO

¿Qué carta, Mamaé? Cuéntamelo desde el comienzo.

MAMAÉ

Una carta que le escribió el caballero a su esposa. La esposa, la amiga íntima de la señorita de Tacna. Vivían juntas porque se querían mucho. Eran como hermanas y, por eso, cuando su amiga se casó, se llevó a la señorita a vivir con ella.

BELISARIO

¿A Arequipa?

MAMAÉ (*Ha llegado por fin a su sillón y se deja caer en él. Belisario apoya la cabeza en sus rodillas*)

Era una buena época. Parecía que iba a haber una gran cosecha de algodón y que el caballero ganaría mucho dinero y tendría una hacienda propia. Porque el caballero, entonces, administraba unas tierras ajenas.

BELISARIO

La hacienda de Camaná, la de los señores Saíd. Ya sé todo eso. Lo de la carta, Mamaé, lo de la india.

En el fondo del escenario aparece el Abuelo. Se sienta. Entra la Señora Carlota, con una escoba y un plumero. Viste como en el primer acto, pero, aquí, parece cumplir

las tareas de una sirvienta. Mien-
tras barre o sacude, pasa y vuelve a
pasar ante el Abuelo, con aire insi-
nuante. El Abuelo, como a pesar
de sí mismo, empieza a seguirla con
la mirada.

Mamaé

Camaná era el fin del mundo. Un pueblito sin
caminos, sin siquiera una iglesia. Y el caballero no
permitía que su esposa fuera a enterrarse en ese de-
sierto. La dejaba en Arequipa, con la señorita, para
que hiciera vida social. Y él tenía que pasar meses lejos de los suyos. Era muy bueno y siempre había tra-
tado a los peones y sirvientes de la hacienda con
guante blanco. Hasta que un día...

Abuelo (*Recita*)

Esposa adorada, amor mío: Te escribo con el
alma hecha un estropajo por los remordimientos. En
nuestra noche de bodas nos juramos fidelidad y
amor eternos. También, franqueza total. En estos
cinco años he cumplido escrupulosamente ese jura-
mento, como sé que lo has cumplido tú, mujer santa
entre las santas.

La Señora Carlota, envalento-
nada con las miradas del Abuelo,

se quita la blusa, como si hiciera
mucho calor. El sostén que lleva
apenas le cubre los pechos.

BELISARIO (*Con angustia conte-*
nida)

¿Fue una carta que el caballero le escribió a la señorita?

MAMAÉ

No, a su esposa. Llegó la carta a Arequipa, y, al leerla, la esposa del caballero se puso blanca como la nieve. La señorita tuvo que darle valeriana, mojarle la frente. Luego, la esposa del caballero se encerró en su cuarto y la señorita la sentía llorar con unos suspiros que partían el alma. Su curiosidad fue muy grande. Así que, esa tarde, rebuscó el cuarto. ¿Sabes dónde estaba la carta? Escondida dentro de un sombrero. Porque a la esposa del caballero le encantaban los sombreros. Y, en mala hora para ella, la señorita la leyó.

La mano del Abuelo se estira y
coge a la Señora Carlota, cuando
pasa junto a él. Ella simula sor-
prenderse, enojarse, pero, luego de
un breve y silente forcejeo, se deja ir
contra él. El Abuelo la sienta en

sus rodillas y la acaricia, mientras
sigue recitando la carta:

Abuelo
Prefiero causarte dolor antes que mentirte, amor
mío. No viviría en paz sabiéndote engañada. Ayer,
por primera vez en estos cinco años, te he sido infiel.
Perdóname, te lo pido de rodillas. Fue más fuerte
que yo. Un arrebato de deseo, como un vendabal
que arrancara de cuajo los árboles, se llevó de en-
cuentro mis principios, mis promesas. He decidido
contártelo, aunque me maldigas. La culpa es de tu
ausencia. Soñar contigo en las noches de Camaná ha
sido, es, un suplicio. Mi sangre hierve cuando pienso
en ti. Me asaltan impulsos de abandonarlo todo y
galopar hasta Arequipa, llegar hasta ti, tomar en mis
brazos tu cuerpo adorable, llevarte a la alcoba y...

Su voz se va apagando.

Mamaé
Todo empezó a darle vueltas a la señorita. El
cuarto de baño, donde leía la carta, se convirtió en
un trompo que giraba, giraba, y la casa, Arequipa, el
mundo, se volvieron una rueda, un precipicio donde
la señorita caía, caía. Su corazón, su cabeza iban a
estallar. Y la vergüenza le quemaba la cara.

BELISARIO (*Muy grave*)

¿Sentía vergüenza por haber leído que el caballero le había pegado a una sirvienta?

El Abuelo y la Señora Carlota
se han deslizado al suelo.

MAMAÉ (*Trémula*)

Sí, mucha. No concebía que el caballero pudiera ponerle el dedo encima a una mujer. Ni siquiera a una india perversa.

BELISARIO (*Muy conmovido*)

¿Nunca había leído una novelita en que un hombre le pegaba a una mujer?

MAMAÉ

Era una señorita decente y no leía ciertas cosas, chiquitín. Pero, además, era peor que leerlas en un libro. Porque ella conocía al autor de la carta. La leía y releía y no podía creer que el caballero hubiera hecho algo así.

ABUELO

El nombre de ella no importa. Es una infeliz, una de las indias que limpian el albergue, un animalito, una cosa. No me cegaron sus encantos, Carmen. Sino los tuyos, el recuerdo de tu cuerpo que es la razón de mi nostalgia. Fue pensando en ti, ávido de ti, que cedí a la locura y amé a la india. En el suelo, como un animal. Sí, debes saberlo todo...

BELISARIO (*También trémulo ahora, pronunciando las palabras como si lo quemaran*)

¿Y por unos azotes a la sirvienta, se puso blanca como la nieve la esposa del caballero? ¿Y por eso sintió que se acababa el mundo la señorita? ¿No me estarás ocultando algo? ¿No será que al caballero se le pasó la mano y mató a la india, Mamaé?

MAMAÉ

De repente, la señorita empezó a sentir otra cosa. Peor que el vértigo. Le temblaba el cuerpo y tuvo que sentarse en la bañera. La carta era tan, tan explícita que le parecía estar sintiendo esos golpes que el caballero le daba a la mujer mala.

ABUELO

Y, en mis brazos, ese ser chusco lloriqueó de placer. Pero no era a ella a la que estaba amando. Sino a ti, adorada. Porque tenía los ojos cerrados y te veía y no era su olor sino el tuyo, la fragancia de rosas de tu piel lo que sentía y me embriagaba...

135

Belisario

¿Pero en qué forma la hizo pecar esa carta con el pensamiento a la señorita, Mamaé?

Mamaé (*Demudada*)

Se le ocurrió que en vez de pegarle a la Señora Carlota, el caballero le estaba pegando a ella.

Abuelo

Cuando todo hubo terminado y abrí los ojos, mi castigo fue encontrar, en vez de las ojeras azules que te deja el amor, esa cara extraña, tosca... Perdóname, perdóname. He sido débil, pero ha sido por ti, pensando en ti, deseándote a ti, que te he faltado.

Belisario

¿Y dónde estaba el pecado en que a la señorita se le ocurriera que el caballero le daba una paliza a ella? Eso no era pecado, sino tontería. ¿Y, además, de qué Señora Carlota hablas? ¿Ésa no era la mujer mala de Tacna?

Mamaé

Claro que era pecado. ¿No es pecado hacer daño al prójimo? Y si a la señorita se le antojó que el caballero la maltratara, quería que el caballero ofendiera a Dios. ¿No te das cuenta?

136

El Abuelo se levanta. Con un gesto de disgusto despacha a la Señora Carlota, quien se marcha lanzando una mirada burlona a la Mamaé. El Abuelo se pasa la mano por la cara, se arregla la ropa.

ABUELO

Cuando vaya a Arequipa, me echaré a tus pies hasta que me perdones. Te exigiré una penitencia más dura que mi falta. Sé generosa, sé comprensiva, amor mío. Te besa, te quiere, te adora más que nunca, tu amante esposo, Pedro.

Sale.

MAMAÉ

Ese mal pensamiento fue su castigo, por leer cartas ajenas. Así que aprende la lección. No pongas nunca los ojos donde no se debe.

BELISARIO

Hay cosas que no se entienden. ¿Por qué le pegó el caballero a la india? Dijiste que ella era perversa y él buenísimo, pero en el cuento es a ella a la que le pegan. ¿Qué había hecho?

137

MAMAÉ

Seguramente algo terrible para que el pobre caballero perdiera así los estribos. Debía de ser una de esas mujeres que hablan de pasión, de placer, de esas inmundicias.

BELISARIO

¿Se fue a confesar la señorita de Tacna sus malos pensamientos?

MAMAÉ

Lo terrible, Padre Venancio, es que leyendo esa carta sentí algo que no puedo explicar. Una exaltación, una curiosidad, un escozor en todo el cuerpo. Y, de pronto, envidia por la víctima de lo que contaba la carta. Tuve malos pensamientos, Padre.

BELISARIO

El demonio está al acecho y no pierde oportunidad de tentar a Eva, como al principio de la historia.

MAMAÉ

No me había pasado nunca, Padre. Había tenido ideas torcidas, deseos de venganza, envidias, cóleras. ¡Pero pensamientos como ése, no! Y, sobre todo asociados con una persona que respeto tanto. El caballero de la casa donde vivo, el esposo de la prima que me ha dado un hogar. ¡Ayyy! ¡Ayyy!

BELISARIO (*Poniéndose de pie, yendo hacia su escritorio, comenzando a escribir*)

Mira, señorita de Tacna, te voy a dar la receta del Hermano Leoncio contra los malos pensamientos. Apenas te asalten caes de rodillas, donde estés, y llamas en tu ayuda a la Virgen. A gritos, si hace falta. (*Imitando al Hermano Leoncio.*) "María ahuyenta las tentaciones como el agua a los gatos."

MAMAÉ (*A un Belisario invisible, que seguiría a sus pies. Belisario sigue escribiendo*)

Cuando tu abuelita Carmen y yo estábamos chicas, en Tacna, una temporada nos dio por ser muy piadosas. Nos imponíamos penitencias más severas que las del confesionario. Y cuando la mamá de tu abuelita —mi tía Amelia— se enfermó, hicimos una promesa, para que Dios la salvara. ¿Sabes qué? Bañarnos todos los días en agua fría. (*Se ríe.*) En ese tiempo parecía una locura bañarse a diario. Esa moda vino más tarde, con los gringos. Era un acontecimiento. Las sirvientas calentaban baldes de agua, se clausuraban puertas y ventanas, se preparaba el baño con sales y, al salir de la tina, una se metía a la cama para no pescar una pulmonía. Así que nosotras,

139

por salvar a la tía Amelia, nos adelantamos a la época. Durante un mes, calladitas, nos zambullimos cada mañana en agua helada. Salíamos con piel de gallina y los labios amoratados. La tía Amelia se recuperó y creíamos que era por nuestra promesa. Pero un par de años después volvió a enfermarse y tuvo una agonía atroz, de muchos meses. Llegó a perder la razón de tanto sufrimiento. A veces es difícil entender a Dios, chiquitín. Tu abuelito Pedro, por ejemplo, ¿es justo que, a pesar de ser siempre tan honrado y tan bueno, todo le saliera mal?

BELISARIO (*Alzando la vista, dejando de escribir*)

¿Y tú, Mamaé? ¿Por qué no tuviste una vida donde todo te saliera bien? ¿Por qué pecadito de juventud te castigaron a ti? ¿Fue por leer esa carta? ¿Leyó esa carta la señorita de Tacna? ¿Existió alguna vez esa carta?

La Mamaé ha sacado, de entre sus viejas ropas, un primoroso abanico de nácar, de principios de siglo. Luego de abanicarse un instante, se lo acerca a los ojos y lee algo que hay escrito en él. Mira a derecha y a izquierda, temerosa de que vayan a oírla. Va a recitar, con voz conmovida, el poema del

abanico, cuando Belisario se le
adelanta y dice el primer verso:

BELISARIO
Tan hermosa eres, Elvira, tan hermosa...

MAMAÉ (*Continúa recitando*)
Que dudo siempre que ante mí apareces...

BELISARIO
Si eres un ángel o eres una diosa.

MAMAÉ
Modesta, dulce, púdica y virtuosa...

BELISARIO
La dicha has de alcanzar, pues la mereces.

MAMAÉ
Dichoso, sí, dichoso una y mil veces...

BELISARIO
Aquel que al fin pueda llamarte esposa.

MAMAÉ
Yo, humilde bardo del hogar tacneño...

BELISARIO
Que entre pesares mi existencia acabo...

Mamaé
Para tal honra júzgome pequeño.

Belisario
No abrigues, pues, temor porque te alabo:

Mamaé
Ya que no puedo, Elvira, ser tu dueño...

Belisario
Déjame por lo menos ser tu esclavo.

> *Se pone a escribir otra vez. Con el último verso, ha entrado Amelia, del interior de la casa, sollozando. Se apoya contra una silla, se seca los ojos. La Mamaé permanece como dormida en su sillón, pero con los ojos abiertos. Una sonrisa melancólica ha quedado fijada en su cara. Entra del interior César con el rostro compungido.*

Amelia
¿Ha muerto, no?

> *César asiente y Amelia se apoya en su hombro y solloza. A él se le*

escapa asimismo un sollozo. Entra,
también del interior, Agustín.

AGUSTÍN

Vamos, cálmense. Ahora hay que pensar en la
mamá. Esto es terrible sobre todo para ella.

CÉSAR

Habrá que tenerla con calmantes, hasta que se
haga a la idea.

AMELIA

Me da tanta pena, hermano.

CÉSAR

Es como la desintegración de la familia...

BELISARIO (*Mirando   hacia   el*
público)

¿La Mamaé se ha muerto?

AGUSTÍN

Se fue apagando como una vela, a poquitos. Se
le murieron los oídos, las piernas, las manos, los hue-
sos. Hoy le tocó al corazón.

BELISARIO (*Siempre en la misma
postura*)
Mamá ¿es verdad que se ha muerto la Mamaé?

AMELIA
Sí, hijito. La pobre se ha ido al cielo.

CÉSAR
Pero tú no vas a llorar, Belisario, ¿no es cierto?

BELISARIO (*Llorando*)
Claro que no. ¿Por qué iba a llorar? ¿Acaso no
sé que todos tenemos que morirnos, tío César?
¿Acaso los hombres lloran, tío Agustín?

CÉSAR
A comerse esas lágrimas, sobrino y a portarse
como quien sabes.

BELISARIO (*Siempre en su escritorio, mirando al pú-
blico*)
¿Como el gran abogado que voy a ser, tío?

*Haciendo un esfuerzo para ven-
cer la emoción que se ha apoderado
de él, Belisario vuelve a ponerse a
escribir.*

AMELIA

Así, muy bien, como el gran abogado que vas a ser.

AGUSTÍN

Anda a acompañar a la mamá, Amelia. Nosotros tenemos que ocuparnos del entierro. (*Amelia asiente y sale, hacia el interior de la casa. Agustín se dirige a César.*) Entierro que, como sabes, cuesta dinero. Le haremos el más sencillo que haya. Pero aún así: cuesta dinero.

CÉSAR

Está bien, Agustín. Haré un esfuerzo, a pesar de que yo estoy más fregado que tú. Pero te ayudaré.

AGUSTÍN

A mí no, a la Mamaé, que era tan Mamaé tuya como mía. Tienes que ayudarme también con los trámites, ese engorro de municipalidad, cementerio...

> *César y Agustín salen, hacia la calle. La Mamaé se halla inmóvil, acurrucada en su sillón. Belisario acaba de terminar de escribir, y en su cara hay una mezcla de sentimientos: satisfacción, sin duda, por haber concluido lo que quería contar y, a la vez, vacío y nostalgia por algo que ya acabó, que ya perdió.*

145

BELISARIO

No es una historia de amor, no es una historia romántica. ¿Qué es, entonces? (*Se encoge de hombros.*) Nunca dejará de maravillarte ese extraño nacimiento que tienen las historias. Se van armando con cosas que uno cree haber olvidado y que la memoria rescata el día menos pensado sólo para que la imaginación las traicione. (*Mira a la Mamaé.*) Todo lo que mi memoria guardaba de ti era esa imagen de los últimos tiempos: un pedacito de mujer, acurrucada en el sillón, que se hacía pis en los calzones. (*Se pone de pie, se acerca a la Mamaé.*) Eras muy buena, Mamaé, claro que sí. Pero no te quedaba otra alternativa ¿no es cierto? ¿Por qué me dio por contar tu historia? Pues has de saber que, en vez de abogado, diplomático o poeta, resulté dedicándome a este oficio que a lo mejor aprendí de ti: contar cuentos. Mira, tal vez sea por eso: para pagar una deuda. Como la historia verdadera no la sabía, he tenido que añadir a las cosas que recordaba, otras que iba inventando y robando de aquí y de allá. Como hacías tú con los cuentos de la Señorita de Tacna, ¿no, Mamaé?

> *Le cierra los ojos y la besa en la frente. Mientras se aleja, hacia un costado del escenario, cae el*

TELÓN.

ÍNDICE

Impreso en el mes de octubre de 1986
en Romanyà/Valls
Verdaguer, 1
Capellades
(Barcelona)